Roland Barthes

罗兰·巴尔特文集

L'empire des signes

符号帝国

[法]罗兰·巴尔特（Roland Barthes）/著

汤明洁/译

中国人民大学出版社

·北京·

致莫里斯·潘盖[1]

① 莫里斯·潘盖（Maurice Pinguet，1929—1991），法国作家，以文化人类学研究著称，尤其关注自杀、文学和日本问题，是最早对日本产生兴趣的法国知识分子。——译注（除非特殊说明，否则本书脚注均为译注）

文本不"评注"图像，图像不"例示"文本：对我来说，它们各自只是对某种视觉摇曳的取向，可能类似于**禅宗谓之悟**[①]（*satori*）的那种**意义丢失**。文本和图像在它们的交织中，想要确保身体、面孔和书写这些能指的流通和交换，并从中读出符号的退隐。

① 法语原文中大写字部分用黑体表示，下同。

总 序

罗兰·巴尔特（1915—1980）是已故法兰西学院讲座教授，法国当代著名文学思想家和理论家，结构主义运动主要代表者之一，并被学界公认为法国文学符号学和法国新批评的创始人。其一生经历可大致划分为三个阶段：媒体文化评论期（1947—1962）、高等研究院教学期（1962—1976）以及法兰西学院讲座教授期（1976—1980）。作者故世后留下了5卷本全集约6 000页和3卷本讲演录近千页。这7 000页的文稿，表现出了作者在文学、文化研究和人文科学诸领域内的卓越艺术品鉴力和理论想象力，因此可当之无愧为当代西方影响最大的文学思想家之一。时至今日，在西方人文学内最称活跃的文学理论及批评领域，巴尔特的学术影响力仍然是其他文学批评家和理论家难以企及的。

1980年春，当代法国两位文学理论大师罗兰·巴尔特和保罗·萨特于三周之内相继谢世，标志了第二次世界大战后法国乃至西方两大文学思潮——结构主义和存在主义的终结。4月中旬萨特出殡时，数万人随棺送行，场面壮观；而3月下旬巴尔特在居住地Urt小墓园下葬时，仅有百十位朋友学生送别（包括格雷马斯和福科）。两人都是福楼拜的热爱者和研究者，而彼此的文学实践方式非常不同，最后是萨特得以安息在巴黎著名的Montparnasse墓地内福楼拜墓穴附近。萨特是雅俗共赏的社会名流，巴尔特则仅能享誉学界。

1976年，巴尔特以其欠缺研究生资历的背景（据说20世纪50年代末列维-斯特劳斯还曾否定过巴尔特参加研究生论文计划的资格），在福科推荐下，得以破格进入最高学府法兰西学院。1977年1月，挽臂随其步入就职讲演大厅的是他的母亲。8个月后，与其厮守一生的母亲故世，巴尔特顿失精神依持。在一次伤不致死的车祸后，1980年，时当盛年的巴尔特，竟“自愿”随母而去，留下了有关其死前真实心迹和其未了（小说）写作遗愿之谜。去世前两个月，他刚完成其最后一部讲演稿文本《小说的准备》，这也是他交付法兰西学院及留给世人的最后一部作品。而他的第一本书《写作的零度》，则是他结束6年疗养院读书生活后，对饱受第二次世界大战屈辱的法国文坛所做的第一次“个人文学立场宣言”。这份文学宣言书是直接针对他所景仰的萨特同时期发表的另一份文学宣言书《什么是文学?》的。结果，30 年间，没有进入过作为法国智慧资历象征的“高等师范学院”的巴尔特，却逐渐在文学学术思想界取代了萨特的影响力，后者不仅曾为“高师”哲学系高材生，并且日后成为法国第二次世界大战后首屈一指的哲学家。如今，萨特的社会知名度仍然远远大于巴尔特，而后者的学术思想遗产的理论价值则明显超过了前者。不过应当说，两人各为 20 世纪文学思想留下了一份巨大的精神遗产。

如果说列夫·托尔斯泰是 19 世纪“文学思想”的一面镜子，我们不妨说罗兰·巴尔特是 20 世纪“文学思想”的一面镜子（请参阅附论《罗兰·巴尔特：当代西方文学思想的一面镜子》）。欧洲两个世纪以来的社会文化内容和形成条件变迁甚巨，“文学思想”的意涵也各有不同。文学之“思想”不再专指作品的内容（其价值和意义须参照时代文化和社会整体的演变来确定），而需特别指“文学性话语”之“构成机制”（形式结构）。对于 20 世纪特别是战后的环境而言，“文学实践”的重心或主体已大幅度地转移到批评和理论方面，“文学思想”从而进一步相关于文学实践和文学思想的环境、条件和目的等方面。后者遂与文学的“形式”（能指）研究靠近，而与作为文学实践“材料”（素材）的内容（“所指”）研究疏远。而在当代西方一切文学批评和文学理论领域，处于文学科学派和文学哲学派中间，并处于理论探索和作品分析中间的罗兰·巴尔特文学符号学，遂具有最能代表当代“文学思想”的资格。巴尔特的文学结构主义的影响和意义，也就因此既不限于战后的法国，也不限于文学理论界，而可扩展至以广义“文学”为标志的一般西方思想界了。

中国人民大学出版社编选的这套“罗兰·巴尔特文集”，目前包括10卷12部作品，它们在一定程度上反映了罗兰·巴尔特文学思想的基本面貌。由于版权问题，出版社目前尚不能将他的其他一些重要作品一一收入。① 关心巴尔特文学思想和理论的读者，当然可以参照国内其他巴尔特译著，以扩大对作者思想学术的更全面了解。此外，文集还精选了菲利普·罗歇（Philippe Roger）的著名巴尔特评传：《罗兰·巴尔特传》（1985），作为本文集的附卷。

现将文集目前所收卷目及中译者列示于下：

1. 写作的零度（1953）·新文学批评论文集（1972）·法兰西学院就职讲演（1977）：李幼蒸

2. 米什莱（1954）：张祖建

3. 文艺批评文集（1964）：张智庭（怀宇）

4. 埃菲尔铁塔（1964）：李幼蒸

5. 符号学原理（1964）：李幼蒸

6. 符号学历险（1985）：李幼蒸

7. 罗兰·巴尔特自述（1976）：张智庭

8. 如何共同生活（讲演集1）（2002）：张智庭

9. 中性（讲演集2）（2002）：张祖建

10. 小说的准备（讲演集3）：李幼蒸

---

① 在“10卷12部作品”之后，已经获得版权并出版的巴尔特作品有《萨德 傅立叶 罗犹拉》（1971）、《明室》（1979）、《中国行日记》（1974）、《哀痛日记》（1977—1979）、《偶遇琐记 索莱尔斯》（1987，1979）、《显义与晦义》（1982）、《符号帝国》（1970），并有附卷《罗兰·巴尔特最后的日子》（埃尔韦·阿尔加拉龙多著）等。——编者注

附卷：罗兰·巴尔特传：张祖建

讲演集是在法国巴尔特专家埃里克·马蒂（Eric Marty）主持下根据作者的手写稿和录音带，费时多年编辑而成的。这三部由讲演稿编成的著作与已经出版的5卷本全集中的内容和形式都有所不同，翻译的难度也相对大一些。由于法文符号学和文学批评用语抽象，不易安排法中术语的准确对译，各位译者的理解和处理也就不尽相同，所以这部文集的术语并不强求全部统一，生僻语词则附以原文和适当说明。本文集大致涉及罗兰·巴尔特著作内容中以下五个主要方面：文本理论、符号学理论、作品批评、文化批评、讲演集。关于各卷内容概要和背景介绍，请参见各卷译者序或译后记。

在组织翻译这套文集时，出版社和译者曾多方设法邀约适当人选共同参与译事，但最后能够投入文集翻译工作的目前仅为我们三人。张智庭先生（笔名怀宇）和张祖建先生都是法语专家。张智庭先生为国内最早从事巴尔特研究和翻译的学者之一，且已有不少相关译作出版。早在1988年初的“京津地区符号学座谈会”上，张智庭先生对法国符号学的独到见解即已引起我的注意，其后他陆续出版了不少巴尔特译著。张祖建先生毕业于北京大学法语文学系，后在美国获语言学博士学位，长期在法国和美国任教至今，并有多种理论性译著出版。我本人在法语修养上本来是最无资格处理文学性较强的翻译工作的，最后决定勉为其难，也有主客观两方面原因。一方面，我固然希望有机会将自己的几篇巴尔特旧译纳入文集，但更为主要的动力则源自我本人多年来对作者理论和思想方式的偏爱。大约30年前，当我从一本包含20

篇结构主义文章的选集中挑选了巴尔特的《历史的话语》这一篇译出以来，他的思想即成为我研究结构主义和符号学的主要“引线”之一。在比较熟悉哲学性理论话语之后，1977年下半年，我发现了将具体性和抽象性有机结合在一起的结构主义思维方式。而结构主义之中，又以巴尔特的文学符号学最具有普遍的启示性意义。这种认知当然也与我那时开始研习电影符号学的经验有关。我大约是于20世纪70年代末同时将巴尔特的文学符号学和克里斯丁·麦茨、艾柯等人的电影符号学纳入我的研究视野的。1984年回国后，在进行预定的哲学本业著译计划的同时，我竟在学术出版极其困难的条件下，迫不及待地自行编选翻译了那本国内（包括港、澳、台）最早出版的巴尔特文学理论文集，虽然我明知他的思想方式不仅不易为当时长期与世界思想脱节的国内文学理论界主流所了解，也并不易为海外主要熟悉英美文学批评的中国学人所了解。结果两年来在多家出版社连续碰壁，拖延再三之后，才于1988年由三联书店出版（这要感谢当时刚设立的“世界与中国”丛书计划，该丛书还把我当时无法在电影界出版的一部电影符号学译文集收入）。这次在将几篇旧译纳入本文集时，也趁便对原先比较粗糙的译文进行了改进和订正。我之所以决定承担巴尔特最后之作《小说的准备》的译事工作，一方面是“从感情上”了结我和作者的一段（一厢情愿的）“文字缘”，即有意承担下来他的第一部和最后一部书的译事，另一方面也想“参与体验”一段作者在母亲去世后心情极度灰暗的最后日子里所完成的最后一次“美学历程”。我自己虽然是“不可救药的”理性主义者，但文学趣味始终是兼及现实主义和唯美主义这两个方向的。

中国人民大学出版社在“列维-斯特劳斯文集”之后决定出版另一位法国结构主义思想家的文集，周蔚华总编、徐莉副总编、人文分社司马兰社长，表现了对新型人文理论的积极关注态度，令人欣慰。本文集策划编辑李颜女士在选题和编辑方面发挥了重要的判断和组织作用。责任编辑姜颖昳女士、翟江虹女士、李学伟先生等在审校稿件方面尽心负责，对于译文差误亦多所更正。对于出版社同仁这种热心支持学术出版的敬业精神，我和其他两位译者均表感佩。

最后，我在此对中国人民大学出版社再次约请我担任一部结构主义文集总序的撰写人一事表示谢意。这不仅是对我的学术工作的信任，也为我提供了再一次深入研习罗兰·巴尔特思想和理论的机会。巴尔特文学思想与我们的文学经验之间存在着多层次的距离。为了向读者多提供一些背景参考，我特撰写了“附论”一文载于书后，聊备有兴趣的读者参阅。评论不妥之处，尚期不吝教正。

李幼蒸（国际符号学学会副会长）

2007 年 3 月于美国旧金山湾区

目　录

在那遥远的地方

如果我要想象一个虚构的民族，我可以给它起个杜撰的名字，明确地把它说成是空想的对象，创立一个新的伽哈巴涅①，并且在我的幻想中不牵涉任何真实的国度（然而因此，我在文学的种种符号中侵害的正是这个幻想本身）。我还可以假装［这个虚构的民族］代表着什么或者去分析它最小程度的现实（这是西方话语的主要做法），从世界的某个角

① 伽哈巴涅（Garabagne），亨利·米肖（1899—1984，比利时裔法语作家、诗人和画家）的小说《大伽哈巴涅游记》（*Voyage en Grande Garabagne*）中一个想象的国度。

落（**在那遥远的地方**）提取某些表达方式（图式和语言学词汇），并用这些表达方式有意地构造一个体系。正是这个体系，我将称之为：日本。

因此，只有当人们尝试在历史、哲学、文化和政治上拉近和对立东西方时，东方和西方才会在此被看做“现实”。我并非钟情于某种东方本质，东方于我无关紧要，它只是为我提供了一个保留着诸多表达方式的地带，这些表达方式的汇集以及人们臆想的［这个保留地带的］[1] 活动，“抚慰”了我对闻所未闻的、完全被我们［西方人］丢弃了的那个符号系统的构想。在对东方的考察中所能追求的，不是种种别样的符号、一个别样的形而上学或一种别样的智慧（这似乎也十分令人向往），而是在符号系统的种种属性中出现某种差异、变化、革命的可能。总有一天，我们应该考察我们自身晦暗性的历史，显现出我们自恋的坚固性，清点我们长达数世纪以来本应听到的对差异的某些召唤，清点必然随之而来的种种意识形态再生——这些再生就在于仰仗种种众所周知的语言（如伏尔泰的东方、《亚洲杂志》的东方、皮埃尔·洛蒂[2]的东方或者**法国航空**的东方），让我们对亚洲永远无知。如今，也许有成千上万可以从东方学习的东西：一个庞大的**认识**工作是且将是必要的（对这个工作的延迟只能是某种意识形态遮蔽的结果），但也必须能够有选择地丢弃大量阴影地带（如资本主义的日本、美式同化过程和技术发展），让一线细光去发现符号体系的裂缝本身，而不是去寻找种种另外的

---

① 方括号中的内容为译者根据上下文所加，下同。

② 皮埃尔·洛蒂（Pierre Loti，1850—1923），法国作家和海军军官，写过发生于塔希提岛、塞内加尔、日本和土耳其的自传性小说。

符号。这个裂缝不会出现在文化产品层面：这里要呈现的（至少我们希望）并不隶属于艺术、日本城市研究或日本烹饪。在任何意义上，作者都从未逼真地描绘过日本。恰恰相反：日本给作者留下了星罗棋布的多重启发，而或更妙，日本让作者进入写作状态。这个状态就是那发生着某种个人震撼、过去的阅读被颠覆以及意义动摇的状态，此时，意义被撕裂、变得衰弱，直至成为自身不可替代的空白，而对象则一直意味深长、令人向往。总的来说，写作是以自身的方式进行的**悟**（*satori*）：**悟**（**禅宗事件**）是一种或多或少强烈（绝不是隆重）的大震荡，它会撼动认知和主体：它实施一种**话语空白**。而这也是一种构成写作的话语空白，**禅宗**在免除一切意义中，书写花园、姿态、房屋、花束、面孔和暴力的种种表达方式，正是从这个空白出发的。

无（MU）：空

“无”字，指“什么也没有”、“空”，由一个女学生书写。

（Nicolas Bouvier 摄，日内瓦）

未知的语言

认得一门外国的（奇特的[①]）语言，但并不去弄懂这门语言，这是一个梦想。这是在这个语言中感知差异，但这个差异又绝不是在语言的肤浅的社会性（交流性或庸常性）中获得的；这就是认识到一门新语言所能积极折射出来的我们自身语言的种种不可能性；这就是学习难以理解之物的系统所在；这就是在别样的划分、别样的句法效应下，拆解我们

① 法语中，“外国的（étrangère）”和“奇特的、奇怪的（étrange）”这两个形容词的词根相同，都来自拉丁语 *extraneus*（来自外部的）。这里巴尔特似乎是故意同时使用这两个词。

的“真实”；这就是发现主体在陈述中闻所未闻的境地，移动其拓扑学位置；简言之，就是进入不可译之物中，直至我们身上的所有西方元素被撼动，直至来自我们父辈（现在轮到我们成为父辈和主人）的完全被历史转变为“自然”的文化（即母语的种种正当性）发生摇晃，去体验这种震动，而绝不试图减弱这种震动。我们知道亚里士多德哲学的主要概念，在某种程度上，受到希腊语基本发音的**束缚**。但反过来，一种遥远的语言借由缕缕微光，能唤起种种不可化约的差异；前往这些差异构成的视域，又是助益良多的。爱德华·萨丕尔①或本杰明·李·沃尔夫②讨论切奴克③语、努特卡语④和霍皮⑤语的

---

① 爱德华·萨丕尔（Edward Sapir，1884—1939），美国人类学家、语言学家，美国艺术和科学院院士。最早提出形态音位概念的人之一，认为语言变化（音位变化、形态变化）是由于受到语言本身固有的有关模式的影响，认为不同语言的表达方式会对同一客观世界提出不同的分析和解释。

② 本杰明·李·沃尔夫（Benjamin Lee Whorf，1897—1941），美国语言学家、人类学家，第一个对美洲印第安语感兴趣的语言学家之一。他与萨丕尔共同提出了关于语言、文化和思维三者关系的重要理论“萨丕尔-沃尔夫假设(Sapir-Whorf hypothesis)”，又称“语言相对论（linguistic relativity)”，即在不同文化下，不同语言所具有的结构、意义和使用等，在很大程度上影响了使用者的思维方式。

③ 切奴克（Chinook)，曾经生活在北美洲北部靠近太平洋的一个部落，现位于美国俄勒冈州和华盛顿州所在地。

④ 努特卡语（Nootka)，美洲印第安语族的一种，使用者多生活在不列颠哥伦比亚省的温哥华岛西海岸。

⑤ 霍皮（Hopis)，生活在美国亚利桑那州东北部石砌房子里的美洲印第安人族群。到 1990 年，霍皮人不到 6 500 人。

那些话题，葛兰言[①]讨论汉语的那些话题，一个朋友讨论日语的那些话题，将［那些遥远地方的］整个传奇性都打开了——只有几个现代文本（没有任何小说）可以给予我们［西方人］这种关于［这些地方］传奇性的观念。而这种传奇性的打开，使我们领会到一种风景，它是我们的（即为我们所有的）那些话语无论如何都猜不到也发现不了的风景。

由此以来，在日语中，种种功能性后缀的增衍以及种种与前词接合并失去重读音之语词的复杂性意味着：［言说］主体是通过种种预防、复兴、延迟和强调而在表述中前进的。这时，人们再也不知道如何说一句简单的话，表述的最终体量完全将［言说］主体变成言语的巨大空壳，而不是那个被看做从外部和高处支配语句的充分核心，以至于那些在我们看来是主体性泛滥的东西（据说，日语表述的是印象而不是实际的观察确认[②]），则更多的是在这样一个块

① 葛兰言（Marcel Granet，1884—1940），20世纪法国著名的社会学家和汉学家。葛兰言运用社会学理论及分析方法研究中国古代的社会、文化、宗教和礼俗，而且主要致力于中国古代宗教的研究。代表作有《中国古代的节庆与歌谣》、《中国宗教》、《中国古代舞蹈与传说》、《中国古代之婚姻范畴》、《中国文明》等一系列名著。

② 此处法语词是“constat”，有两个意思：笔录和确认（对事物进行客观考察后得出的结论）。该名词的动词形式是“constater”，有观察、确认事实、验证查明的意思。原中文简体版译作“誓词”为误译。中文繁体版译为“證明”较为准确，繁体的“證”有用事实验明、用事实规谏的意思。但此处不能简单将繁体译本“證明”简化为“证明”了事。因为“證”与另一繁体字“証”（直言纠正）不同，据《王力古汉语字典》（第1267、1298页），宋以前二字不同音不同义，元以后同音，明以后二字相通，简化字将“證”、“証”都简化为“证”。如果将此处译作“证明”则可能让简体中文读者误解为通过“直言”证明。故此处为强调法语词带有的“客观考察”之意，又适应简体中文的理解需要，译作“实际的观察确认”，以避免“证”字带来的歧义。

状化、颗粒化以及曲折化的语言中，稀释主体并给主体放血的一种方式。或者还意味着：日语像许多语言一样，区分生命物（人类的和/或动物的）和非生命物，尤其在**是**（*être*）的种种动词形式上；然而，故事中（诸如：**从前有个国王**）所引入的种种虚构人物则被分配了非生命物的标记；当我们［西方人］的所有技术在气喘吁吁地决定幻想物之“生命”和“真实性”时，日语的结构本身就将这些事物置于或固定在其作为**产物**的特质上，它们是一些断绝了参照物这个典型借口的符号，而这种参照物的典型借口正是有生命物的符号所必须具有的①。更或者，既然这涉及构想我们［西方人］的语言所不能构想的东西，那么，以一种更极端的方式，［这还意味着：］我们如何想象一个动词既没有主语也没有表语，而它又是一个及物动词（就像是一个认知行动既没有认知主体也没有被认知的客体）？然而，在印度**禅**（*dhyana*）——中国**禅**（*ch'an*）和日本**禅**（*zen*）的起源——面前，我们所需要的正是这个想象，正是要将之翻译成不引入主体和神的**沉思**：然而，［西方人］驱逐主体和神，但它们又会重新出现，因为它们就凌驾在我们［西方人］的语言上。这些以及许多其他事实让人确信：如果不反思我们［西方人］

---

① 在西方语言理论中，符号除了自身（作为符号的物理）存在以外，还必须指称某种所指事物的存在。而符号的在场，通常为所指（参照物）的不在场提供了证据，即言说为言说所指之事物不在言说现场提供了借口或托辞。而在日语中，幻想物的符号（名称）直接被视作思想产物，不需要代表某种所指事物的不在场，更不需要表示某种所指事物的存在。因此，这种幻想物直接被视作非生命物，不管它被设想的所指物是否有生命。

用以质疑我们社会的语言（工具关系）所具有的限制本身，那么，想要质疑我们的社会则是多么可笑——这就是既想要舒舒服服地栖身于狼嘴之中，又想要消灭狼。练习脱离常规的语法，至少有一个好处，就是承担对我们话语本身中意识形态的怀疑。

雨、种子、撒播
网版、织物、文本
书写

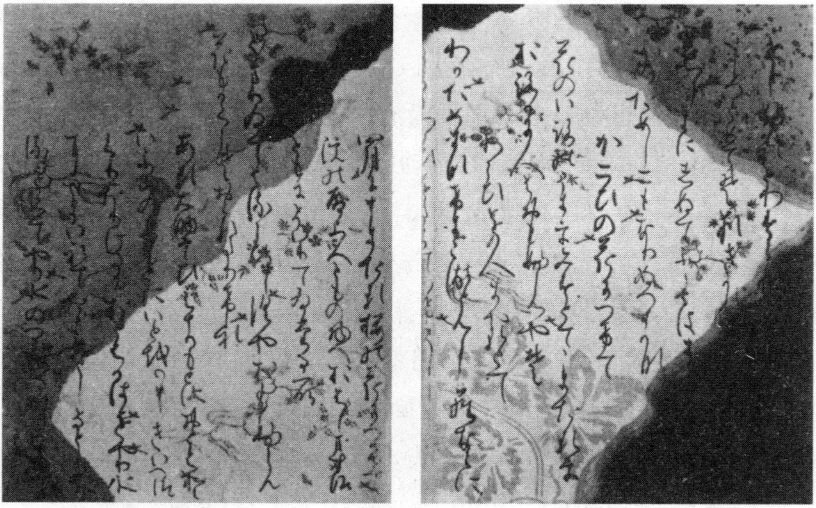

书法作品。伊势手稿片段，以《石山切》闻名于世

材料：中国墨汁，色纸拼接画。时期：平安，12 世纪初。尺寸：20.1cm×31.6cm。东京，义一梅泽收藏。

（Hans-D. Weber 摄，科隆）

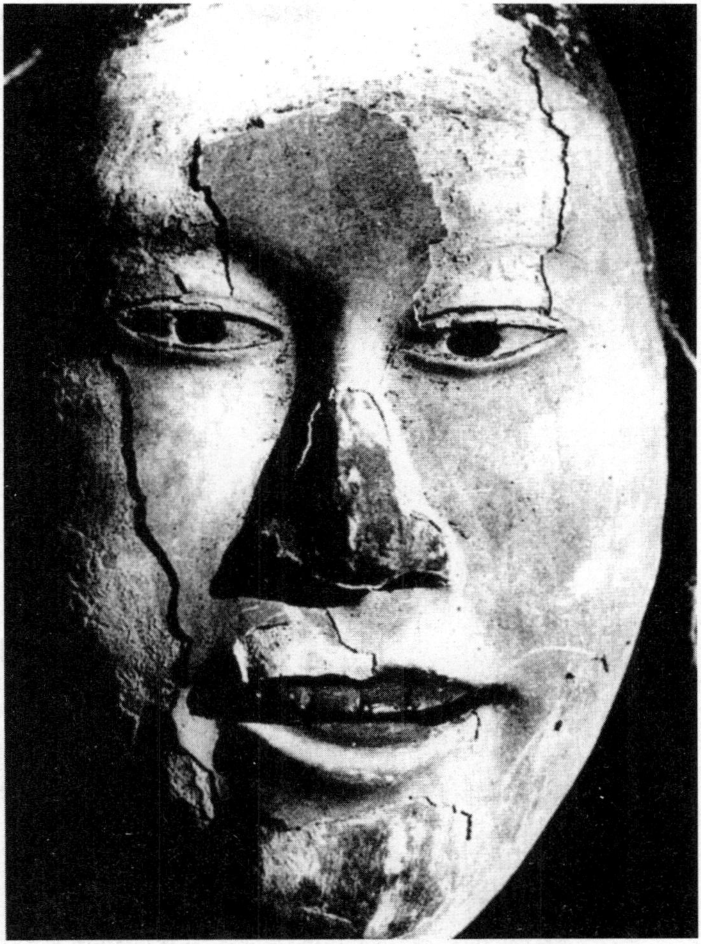

日本古代民俗舞蹈面具

北九州一个小村庄的神父收藏。

(Pierre Rambach 摄，蒙特利尔)

无言

未知语言窸窸窣窣的团块构成了一种迷人的保护，它用带声响的薄膜将异国人（只要这个国家对他不那么敌意）包裹起来，阻止母语的所有异化进入耳根：操母语者的地缘和社会出身，他的文化、智识和品位层次，他自我构造为此人所依据并要求你辨识的形象。而且，在国外，何等清净！在这里，我受到保护，免受愚蠢、粗鄙、虚荣、世俗、民族和规范的侵扰。未知的语言，但我能抓住它的呼吸，它情感的流转，总之一句话，我能抓住它承载含义的纯粹事实。随着我的走动，我周围未知的语言让我产生轻微的晕眩，将我卷入它人为的空无——只是对我才会实现这种空无：我生活在这种空隙中，摆脱了所有充分的含义。**你在那里是怎样摆脱语言困境的？**言下之意就是：**你是怎样保障交流这个根本需要的？**或更准确地说，务实的询问重拾意识形态的主张：**只有在言说中才有交流。**

可是，在（日本）这个国家，能指的帝国如此辽阔，它如此超出言说，以至于尽管语言不通透，有时甚至多亏这种不通透，符号的交换仍保留着令人着迷的丰富、多变和微妙。原因就在于，在那里，身体依据一种情色的纯粹（却又微妙隐讳的）规划，存在、展开、作为和投入，没有歇斯底里，没有自我陶醉。不是声音（我们[西方人]以此鉴别人的种种“权利”）在交流（交流什么？我们的灵魂——注定美丽——我们的真诚？我们的魅力？），而是整个身体（眼睛、微笑、发绺、姿势、衣着）与你保持一种喋喋不休的会话；在这种会话中，对规则的完美掌控去除了所有倒退和幼稚的特征。（用手势、绘画、专名）确定一次约会可能需要一个小时，但在这一个小时里，为了得到一个一说出来就很快会去魅（既必要又毫无意义）的信息，你认识、品味、接收的是另一个人的整个身体，是这个人的整个身体展开了（没有真正的完结）他自己的叙述、他自己的文本。

汤水与薄片

餐盘像一幅精美至极的画：在画框深色的底部，容纳着各种各样的物什（碗、盒子、茶碟、筷子、小堆食品、一点灰姜、几段橙色蔬菜和一洼褐色酱汁）；由于这些容器和食物碎块狭小、纤薄，又数目众多，可以说这些餐盘实现了绘画的定义，即按皮耶罗·德拉·弗朗西斯卡①的说法，绘画“就是面

① 皮耶罗·德拉·弗朗西斯卡（Piero della Francesca，1410—1492），早期文艺复兴最著名的艺术家之一。他对处理绘画的空间关系有其独到之处，擅长把光线的明暗和透视有机地组合成一幅完美的画面。他的风格对15世纪中叶的佛罗伦萨以及北意大利诸城有极大的影响。代表作有《君士坦丁之梦》，晚年曾写过关于绘画的理论著作。

与体的展示，它们按照各自摆放的位置，总是变得更大或更小”。然而，这样一个一出现就让人愉悦的井然有序的状态，却注定要随着进食的节奏被打乱和彻底改变；开始时那幅凝固的画，变成了工作台或棋盘，变成了空间——不是风景的空间，而是技法或游戏的空间；这幅画实际上只是一个调色板（一个工作表面），随着进食的进行，你开始灵活地使用它，从这里夹一撮蔬菜，从那里取一点米饭，从这边蘸一些佐料，又从那边舀一口汤，随意交替，以（确切地说是日本）书画家的方式，安坐在瓶瓶罐罐的游戏面前，对之既了然于心又犹豫不决；这样，进食本身既没有被否定也没有被削弱（这里并没有对食物的冷淡，冷淡始终是一种**精神上**的姿态），但它保持着某种工作或游戏的印记，与其说进食是在改变初级材料（**厨房**专有的物品；但日本食物烹制得少，食物以其自然的状态上至餐桌；食物唯一遭到的真正处理，是被切割），不如说它是对各种元素进行变换不停、好似神来的组合，拿取的顺序没有任何套路（你可以轮番来一勺汤、一口米饭或一撮蔬菜）：膳食的所有技巧都在这组合里，选择你的组合，你就是自己给自己创造了你要吃的东西；一盘菜不再是一个物化的产品，即不再像在我们［西方人］这里那样，一盘菜的准备在时间和空间上都羞怯地远离我们（食物提前在厨房隔板后面做好，厨房是一个神秘的空间，在那里，**一切都是允许的**，只要拿出来的东西构造良好、装饰精美、充满香气并打扮精心）。这样［日本］菜肴就有**活生生的**（这并不意味着自然状态）特征，它似乎在任何季节都能满足诗人的愿望：“啊！用佳肴美馔庆祝春天吧……”

从绘画的角度来看，日本料理的品质不直接是视觉上的，而是更为深入身体（依附于进行刻画或包覆的手的力度和劳作）的，它不是色彩而是**触感**。熟饭（其绝对独特的认知，是用一个特定的名称［“饭”］来说明的，而不是用生米的“米”）只能根据材料的对比得以确定；熟饭既是黏粘的，又是可分离的，它是蓬松的团块；它是日本料理中唯一一个均衡沉稳的元素（这与中国烹饪不同）；它是沉下去的东西，与漂浮的东西相对立；它在工作台中布置了一块紧致的、颗粒状的（与面包的情况相反）而又易碎的白色：摆在桌上的东西是紧密的、黏粘的，一下筷子，它们就松开了，然而却不散落，就好像［筷子的］分割只不过是为了再制造一个不可化约的团块；供人享用的，则是在食物之外（或者在食物之中）的这种有节度（不完全）的背弃。同样，但在质料的另一极端上，日本羹①（**羹**这个词非常不恰当，它太浓稠，而**浓汤**这个词则让人有家庭膳宿公寓的感觉）给予这个饮食游戏一抹清亮之色。在我们［法国］，清汤寡水是一种寒碜；而这里，原汁清汤很清淡，稀薄如水，黄豆或菜豆的细屑在里面漂动，罕有的两三个实物（一小段青苗、蔬菜的细丝以及一小片鱼肉）漂浮着将汤水分开，让人感觉到一种清亮的浓度、一种无油脂的营养和一种提神药剂般的澄澈——某种水生的（比水溶物更丰富）、海生的精巧事物让人想起源头，想起深厚的生命

① 法语中并没有直接的词汇来描述汉语意义上的“汤”，soupe（羹）和potage（浓汤）都是将食物搅碎以后形成的较为浓稠的液态食物，因而法国人只能用soupe（羹）来叙述东方的“汤”。此处翻译为体现原文在法文读者那里体现的原意以及由此带来的困惑，将soupe译作“羹”，而不在翻译上直接做事物实质的转换。

力。这样，日本料理就在一种缩减材质（从清亮到可分）的体系中、在某种能指的震颤中建立起来——书写的基本字符正在于此，它们是在语言的摇摆中建立起来的，日本料理看起来也是这样：一种被书写的料理，它依赖着分割与提取的动作，这些动作不是把食物放进餐盘（这与拍摄下来的食物完全不同，那只是我们那些女性杂志上后期着色的拼凑而已），而是嵌入一个将人、桌子和世界分层放置的深厚空间里。因为确切地说，书写正是这样一个行为：将不能在表征扁平的单一空间中共同把握的事物联结在一起。

le rendez-vous

Ouvrez un guide de voyage : vous y trouverez d'ordinaire un petit lexique, mais ce lexique portera bizarrement sur des choses ennuyeuses et inutiles : la douane, la poste, l'hôtel, le coiffeur, le médecin, les prix. Cependant, qu'est ce que voyager ? Rencontrer. Le seul lexique important est celui du rendez-vous.

会　面

打开一本旅游指南，通常你会发现那是一本小词汇书。但这本词汇书奇怪地记载着一些无聊和无用的事物：海关、邮局、酒店、理发店、医生和价格。不过，什么是旅游？相遇。唯一重要的词汇书就是关于会面的。

筷子

在曼谷的水上市场，每个商贩都待在一个近乎静止的小木舟里。他们贩卖数量极少的食物：谷粒、鸡蛋、香蕉、椰子、芒果和辣椒（更不用说那些**叫不出名字的东西**）。从商贩到他们的木舟以及商品，一切都是**小小的**。西方食物高高堆起、故作尊贵、庄重夸张，这与某种幻觉的操作有关，这种西方食物给人的幻觉总是趋向巨大、高耸、繁多、丰饶；东方食物则相反，它们向无限小发展：黄瓜的未来不是堆积或增厚，而是分割、细小地散落，就像这首俳句所描述的：

片瓜。
汁流
画蜘手。①

微小和可食用在这里汇合：事物微小只是为了被吃掉，但它们是可食用的，也是为了实现它们微小的本质。东方食物与筷子的协调不只是功能性的、工具性的。切割食品是为了能够用筷子夹取，但筷子的存在也是因为食品被切割成了小块。同一个活动、同一种形式穿越了材料及其工具，那就是划分。

除了将食物从盘子送到嘴里（这不是筷子最独特的功能，因为手指和叉子也有这个功能），筷子还有许多其他专属于筷子的功能。首先，筷子有指示功能——它的形状很好地说明了这一点：它指向食物，指出碎块，以选择动作本身而使索引的功能得以存在；但在这里，进食并不遵循某种机械顺序，并不满足于一点一点吃掉同一盘子里的各种食物，筷子决定着它所挑选的东西（因而，依不同时

① 出自宝井其角的《五元集》夏の部：

狙公　溜池にて
瓜むいて猿にくはするあつさ哉
水飯にかはかぬ瓜のしつく哉
干瓜やうつむけてほす蜑小舟
瓜の皮水もくもてに流れけり

宝井其角（1661—1707），又名榎本其角，日本江户时代前期的一位俳谐师，师从松尾芭蕉，被认为是“蕉门十哲”之一。中译的断句和标点来自法语译文。

刻，选择这个而不是那个)，它在用餐时引入某种任性和散漫。总之，这不再是机械的操作，而是有智慧的活动。筷子的另一个专属功能是夹取食物（而不是像我们的叉子那样紧抓不放)。此外，夹取这个词也过于强烈、好斗（它适于狡黠的小女孩儿、外科医生、女裁缝和敏感气质的人)，因为食物所遭受的压力从来不会超过必要，这个力仅仅是为了把它夹起并移动，筷子的动作还会因其材质——木或漆——更为柔和，其中有某种母性的东西，那种精确拿捏的抱孩子似的谨慎：它是一种力（在该词操作意义上而言)，但无冲击性，在这里，是一整个关于食物的行为。我们可以在厨师的长筷子上看到这点，它不是用来吃东西，而是用来准备食品：这个工具从来不刺穿、切割、剖裂和伤害，而仅仅拾取、翻转和运送。因为筷子（第三种功能）是为了隔开、分离、打散和小口地吃食物，而不是像我们的餐具那样切割和叉取，筷子从来不对食物施加暴力：它或者一点点地撩开食物（如对青菜)，或者拆解食物（如对鱼、鳗)，以便重新发现食材的自然裂隙（这样，筷子就比刀更接近手指的原初功能)。最后，这也许是筷子最美好的功能，它**转运**（*translate*）食物：要么像两只手那样交叉起来，进行承载而不是夹钳，它滑到饭团下，提拉出一小团，送到食客的嘴里；要么像铲子一样，(用一个所有东方人的古老动作）将米饭的团块从碗边扒到嘴边。在所有这些用法中，在所有这些筷子引起的动作中，它都与我们的刀（以及刀的捕食性替代物——叉子）截然不同：筷子这种餐具不用来切、抓、截、刺（这些动作都限制、退到料理的准备工作之中：鱼贩当着我们的面活剥鳗鱼皮，在初步的献祭中，将谋取食物之生命的罪恶一劳永逸地驱除了）；用筷子，食物就不再是我们暴力之下的猎物（即我们猛烈追击的肉食），而成为一种和谐传递的东西；筷子将事先已分好的食材转化为鸟食般大小的食物，将米饭转化为牛奶般的流食；筷子充满母性，毫不疲倦地进行着成鸟喂食幼鸟那一小口时的动作，将那种捕食性的进食方式留给我们［西方人］充满刺与刀的习俗。

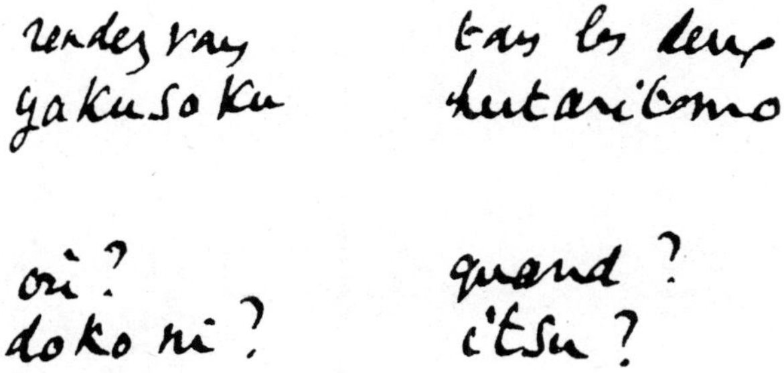

会面	两者皆是
yakusoku	*hutaritomo*
哪里？	何时？
do ko ni?	*itsu?*

无中心的膳食

寿喜烧[①]（*sukiyaki*）是一种荤素烩火锅，它的每一种成分我们都知道，也都能辨认出来，因为就

① 寿喜烧，又名“锄烧”，其名称来源于在锄头的金属部分上烤制肉类的传说。由于佛教、神道等各种影响，天武天皇下旨禁止人民食用兽肉。在德川幕府时期，一般不食牛肉，除生病进补或是因为有值得庆祝的事情才吃“寿喜烧”（有点类似于为了庆祝某件事物而吃红豆饭）。当时寿喜烧的食材是鸡肉，所以又叫鸡素烧。自明治维新后，日本人开始逐渐接受牛肉，牛肉进而演变为寿喜烧的主要食材。现在则是一种以少量酱汁烹煮食材的火锅，通常食材包括高级的牛肉切片（例如：霜降牛肉）、大葱、茼蒿、豆腐、魔芋丝等，这些食材会在由酱油、糖与味醂等混合的汤汁中煮制，并蘸生鸡蛋食用。寿喜烧一般被视为一种冬季食品，常在忘年会上食用。

横井也有（1702—1783），《采菇图（Konoko-Gari）》①

水墨画，尺寸：31.4cm×49.1cm。苏黎世，Heinz Brasch 收藏。

（A. Grivel 摄，日内瓦）

书写从哪里开始？
绘画从哪里开始？

---

① 日本人采集蘑菇时，会带上一根蕨茎，或像画中那样，带上一根麦秸，他们会把蘑菇串在上面。这是一幅俳画，总是与一首俳句（简短的三行诗）相关：

“他变得同样
贪婪，目光低垂
向着蘑菇。”

在你面前的桌子上操作，吃的时候也不间断。生的食材去皮、洗净，一起摆放到盘子上，已具有一种裸露的美感，闪耀、鲜艳、协调，犹如春装，正如狄德罗所说："颜色、精美、触感、效应、和谐以及诸味杂烩，尽在其中。"这给你带来了集市本身的特质，新鲜、自然和多样，分门别类的摆放都有望促成大事——这个混合事物是集市的产物，既是自然又是商品，具有商业性质，它所激发的食欲可以为大众所有：可食用的叶子、蔬菜、粉丝、奶油状的方块儿豆腐、生蛋黄、红肉和白糖（这种组合比中国菜更奇异，从视觉上让人更着迷或者更厌恶。因为中国菜中纯粹的甜—咸组合是煮熟了的，糖是看不到的，最多体现在某些"烤制"食品中发亮的焦糖色上）。首先，所有这些生鲜食材组合在一起，好像荷兰油画一样，保留着鲜明轮廓的线条、紧实不失轻柔的笔法以及色彩斑斓的光泽（人们不知道这是来自事物的材质、场景的光亮、油画上的颜料还是博物馆的照明）。然后，这些生鲜食材就被放到大锅里，在你眼前烹煮，一点点失去颜色、形状和不连续性，变软、变味，变成酱汁固有的红棕色。你用筷尖从这完全新鲜的炖菜中逐步夹起一些小块，再放入另外的生鲜食材替代它们。这一来一回由一位女助手负责，她在你身后，拿着一双长筷子，一会儿朝锅里补充食物，一会儿与你交谈：你就像在视觉上经历了一场惊险离奇的食物旅程，你见证了**生鲜（Crudité）**① **的"最后时光"**。

我们知道，**生鲜**是日本食物的守护神：一切都是献给这位守护神的。如果说日本料理总是要在就餐者面前烹制（这种料理的基本标志），也许是因为用这样的场景来献祭人们所敬重事物的死亡是

---

① 法语词 crudité，单数表示语言的"粗俗、露骨"，复数表示"生的、不熟的"食物。

非常重要的。[日本]在生鲜中(很奇怪，我们用这个词的单数表明语言与性有关的特征，用复数则表示我们餐食中外在的、反常的和有点禁忌色彩的部分)所敬重的东西，似乎不像在我们这里一样，是某种食物内在的本质，通过血淋淋的东西(血象征着力量和死亡)来转移生命能量(在我们这里，生食是食物极具刺激性的状态，就像给鞑靼牛排①添加浓烈佐料所换喻式表达出来的那样)。日本的生鲜基本上是视觉上的，它表明肉或蔬菜某种带有颜色的状态(我们知道，色谱从来不能穷尽所有颜色，颜色指向的是材质的所有触感。因而，与其说生鱼片展现的是种种颜色，不如说它展现的是种种阻抗力：它使生鱼肉有各种变化，松软的、纤维状的、有弹性的、紧致的、粗糙的和光滑的，沿托盘一路摆开)。食物借着完全的视觉性(从构思、组构到加工，都是景观，甚至是就画家和美术设计者而言的景观)，表明它不是幽深的：食材没有珍贵的心，没有隐藏的力量，没有生命的秘密。任何日本菜都不提供中心(即在我们这里由组织进餐、围绕或铺陈菜品这样的仪式所意味的饮食中心)，一切都是对其他装点的装点。首先，因为在桌子上、在盘子里，食物永远只是零碎部分的组合，没有任何部分会在进餐秩序上有优先地位：吃不是遵照某个菜单(各道菜的进餐顺序)，而是用筷子轻轻夹取，时而这个颜色，时而那个颜色，就像随之而来心

---

① 鞑靼牛排(Steak Tartare)是一种蒙古和朝鲜的传统菜肴。传统做法是将生牛肉或生马肉剁碎或搅碎，加上生鸡蛋、酱油、糖、盐、芝麻油、洋葱、蒜末、芝麻和黑胡椒，辣椒酱供备选。其20世纪的现代形式则受北美和西欧的影响，调味料变成盐、胡椒、塔巴斯哥辣酱和英国酱汁，一般与炸薯条和色拉相配。

不在焉的迂回谈话（谈话本身也可能非常沉默），散漫地随兴而起。其次，因为这种膳食将制作和食用结合在同一时间——这就是它的独特之处。寿喜烧就是一道没完没了的菜，不停地做，不停地吃，也可以说是不停地“交谈”，不是因为技术上的困难，而是因为它本性上就是要在烹煮的过程中逐渐消耗。由于不断重复，寿喜烧只有开端是明显的（有人拿来装点着食物的托盘）。一旦“开始”，时间或地点就都无区分了：它变得没有中心，就像无间断的文本。

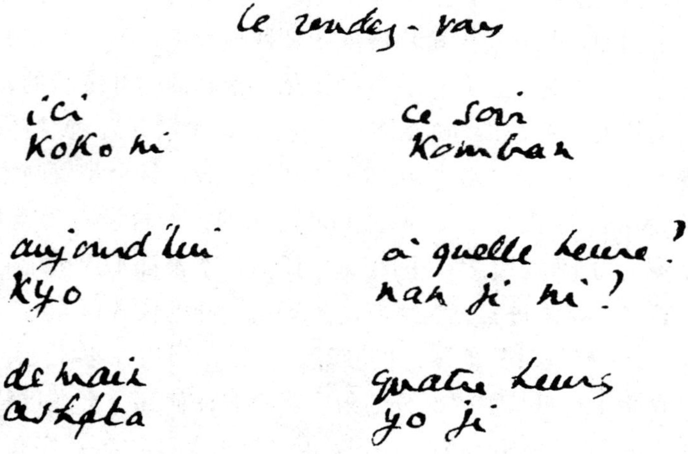

会　面

这里	今晚
kokoni	*komban*
今天	几点？
kyo	*nan ji ni?*
明天	四点
ashita	*yo ji*

空隙

厨师（他并不负责烹饪）拿起一条活鳗鱼，在它头部钉入一根长钉，刮擦几下，然后剥皮。这一幕迅疾且湿漉漉（比流血的情况还要湿）地从眼前闪过，有点小残酷，但会以［将活鳗鱼］切成花边而告终。鳗鱼（或蔬菜、甲壳类的一小段）在油炸中结晶，就像萨尔茨堡的树枝①，变成中空的小团，

① 关于萨尔茨堡的树枝（le rameau de Salzbourg）有一个典故。法国19世纪批判现实主义作家司汤达在其1822年的作品《论爱情》中发明了一种关于“结晶（cristallisation）”的概念，这个概念用来描述恋爱关系之初那种进行理想化的现象。在“爱的诞生”一章里，司汤达用萨尔茨堡盐矿的例子来说明这个过程：人们向被遗弃的矿床深处丢入一根在冬天掉光了叶子的树枝，两三个月后，树枝上会长出晶莹透亮的结晶。司汤达将这种过程比作精神在爱中所起的作用，也就是从所有周围事物中提取用来装点被爱对象的事物，然后发现被爱对象具有了新的完美形象。这里，巴尔特又用这种结晶概念比喻炸鳗鱼。

布满透光的小窗——这里，食物与某种悖谬的梦想契合：某种纯粹间质性的东西，它因为这种空洞而更加撩人，这种东西被制造出来，就是为了让人们沉浸其中（有时，食物被做成球状，就像空气团）。

天妇罗（tempura①）摆脱了我们关于油炸食物油腻不易消化的传统看法。面粉在天妇罗这里找回了它作为精华的本质，轻轻撒散并用水调配，形成的是奶状物而不是面团。经油迅速煎炸后，变得松脆的金黄色奶状物没有完全包裹住食物，而是露出一段粉红色的虾、一截绿色的青辣椒或一块棕色的茄子。与我们带馅炸糕的煎炸方式不一样的是，后者是被厚厚一层面团包裹得严严实实的。炸油（但油真的是油腻的发源物吗?）很快就被盛装天妇罗的小篓筐上那纸质的餐巾吸净，这里油是干的，与地中海人和东方人在菜肴和点心上覆盖的油脂完全不同。我们用植物油或动物油烧菜时会遇到既想焙烧又不想加温的矛盾，而天妇罗则没有这个矛盾。在这里，没有那种油脂物烧灼冷却后的油腻状态，而是某种所有油炸食品都不能给予的品质——鲜嫩。鲜嫩的清新之气穿透面粉糊炸出来的花边儿，在天妇罗中流转，在最有生命力、最脆弱的食料中，彰显出鱼和蔬菜，这种清新之气既有原封未动之品又有花样翻新之功，这正来自油的清新：天妇罗餐馆就是根据用油的耗损度来划分等级的——新油使用过，会被卖给另一个一般餐馆，以此类推。人们购

① 天妇罗（tempura），一种用面糊裹着炸的油炸鱼或蔬菜。16世纪由葡萄牙传教士传入日本，从17世纪开始流行于日本，现为日本名菜。但葡萄牙现在仍有一种类似的油炸食物，名为 peixinhos da horta（花园小鱼）。

买的不是食物，甚至也不是食物的新鲜度（更不是所在地的豪华舒适或服务），而是烹饪过程的纯净。

有时，一块天妇罗有好几层：油炸层围着（比“包着”这个词好）一个辣椒，而辣椒里面又塞满牡蛎。重要的是，食料是由小块、小段（这是日本料理的基本状态，其涂层——酱料的、乳酪的或脆皮的——总是未知）构成，这种块段状不仅来自准备过程，也而且尤其是来自将食材浸入如水般流动、如油脂般黏粘的物质中，从而得来一小块完成的、分好的、叫得上名字而且完全镂空的食料。但那鲜明的轮廓如此轻盈以至变得抽象：使食物凝固起来的，不再是外皮，而是时间（此外，时间本身也是非常精妙的）。据说天妇罗源自（葡萄牙的）天主教菜肴：是四旬斋（*tempora*①）食物；但经过日本人删繁就简技术的精致化，成为另种时期的食物：不再是斋戒和赎罪的仪式，而成为一种围绕着要决定的某个事物进行沉思的过程，既具有观赏性，又具有食用性（因为天妇罗是在你眼前准备的），没有更好的办法（也许因为我们沉思的主题无解），只能在清淡、中空、即刻、脆弱、透明、清新和无的食物中沉思，这个食物真正的名字应该是无实界的空隙，更或：空符。

其实，应该回到为鱼和辣椒做出花边儿的年轻艺术家。如果他在我们面前为我们准备食物，一个动作接一个动作，一个地方接一

---

① 四旬斋是天主教复活节前长达四十天的斋戒期。巴尔特这里用 tempora 来加注四旬斋。Tempora 是葡萄牙语 têmpora 的一种废弃了的书写形式，来自拉丁语 tempus，表示时间、时期、时代、时机。而天妇罗的西文写法 tempura，与其词根相同，词形也非常接近。

细绳帘（Nawa-noren），某屏风右半部分

材料：中国墨汁，金箔纸绘画。时期：江户初期，17 世纪中叶。尺寸：159.6cm×90.3cm。东京，滝原收藏。

（Hans-D. Weber 摄，科隆）

个地方，把活鱼舱中的鳗鱼变成最终盛装在白纸上的完全镂空的食品，那么，这不（只）是为了让我们见证他厨艺的高度精准和纯熟，而是因为他的动作就是文本书写：食材就是他的书写材料，肉案就像书法家的案台。他把玩那些材料（尤其当他是日本人）就像书法家交替使用水杯、毛笔、砚台、水和纸。如此，在餐馆嘈杂的人群和订单的交织中，他完成一种分级，不是时间的分级，而是各种时态的分级（天妇罗语法的各种时态），他让种种操作的阶段清晰可见，不是把食物吟诵成某种完成了的商品，它们只有完美才有价值（我们的菜肴就是这种情况），而是把食物吟诵为某种没有终极含义只有进展含义的产品，可以这样说，当生产过程结束的时候，含义也穷尽了：那个消费［终极产品］的人，是你；那个玩过、写过、生产过的人，是他。

柏青哥

柏青哥是一种吃角子的老虎机。人们在柜台买些金属弹球做预备金，然后，在机器（某种直立面板）前，一只手把弹球逐个塞进入口，同时另一只手在阀门的帮助下，将弹球推进充满路障的复杂线路中，如果推入的那一下恰到好处（既不太强也不太弱），被推入的弹球释放出的其他弹球就会如雨点般落入手中，接着要做的就是重新开始，除非有人想要用这些所得换取微不足道的奖品（一板巧克力、一个橘子、一盒香烟）。柏青哥游戏室为数众多，且总是塞满各色人等（年轻人、女人、穿黑色校服上装的学生、着西服套装的青春不再的上班族）。有人

柏青哥玩家

（东京座石宝刊行会摄）

食槽与茅厕

说所有柏青哥的生意额等于（甚或超出）日本所有大商场的生意额（这可能有点言过其实了）。

柏青哥是一种孤独的集体狂欢。机器排成长龙，每个人站在自己的台子面前玩儿自己的，尽管摩肩接踵，可谁也不看谁。只能听到各种滚球的声音（装弹的节奏是非常快的），整个游戏室就像蜂箱或车间，玩家则像流水线上的工人。这个场景给人一种势不可挡的感觉，即苦工们全神贯注、专心致志的感觉，他们绝无懒散、随便或卖弄风情的态度，更没有我们西方玩家那种夸张做作的悠闲姿态：游手好闲地三个一群、两个一伙，有意识地在电子弹球桌前闲荡，向咖啡馆的其他顾客显摆出一副行家里手、洞穿世事的神气模样。至于游戏技艺，也与我们的弹球机不同。对于西方玩家来说，弹球一旦发出，还需要一点点地修正弹球重新掉落的轨迹（不断推击挡板）。对于日本玩家来说，一切在发射的一击中就已经决定了，一切只能仰赖拇指扣动阀门时传递的力量。指法是即刻的、决定性的，玩家的天赋只在此一举，只能事先一举纠正所有偶然；或更确切地说，只能靠玩家之手驱动和专注的那一下，精巧地把持或加速（但完全不能指引）弹球的最佳发射。因而，这是（日式）艺术家之手，对这样的艺术家来说，（绘画）线条是“受控的意外”。总的来说，柏青哥在机械秩序中，再现了**直接**（*alla prima*①）绘画的同样原则：这种绘画要求仅用一个动作一次性地完成线条勾勒，而由

---

① 意大利习语，表示一种油画技巧，只用一层画面直接完成整幅油画，与传统油画用接续巩固的涂层完成绘画相对。

于画纸和颜料本身的特质，已勾勒的线条永不可修改。同样地，发射出去的弹球，就不能再让它偏移了（像我们西方舞弊者那样粗暴对待挡板，那真是可鄙的粗鲁）：球路在发射的一刹那就预先决定了。

这门艺术有什么用？调整某种滋养性循环。西方机器，是主张穿透的符号体系：它是用精心安排的一击，占有游戏台上光彩夺目的挑逗着你、等待着你的性感美女贴画。在柏青哥游戏里，全然没有性欲（在日本——在这个我称之为日本的国度——性只存在于性欲之中，而不是别处；在美国，则相反：性欲无处不在，就是不在性中）。这些器具就像食槽，排列整齐。玩家动作敏捷地用弹球填喂机器，迅速反复，好似不断，他们像填鸭般塞弹球，有时，被填满的机器像腹泻一样放出弹球：用几个日元，玩家就活像腰缠万贯的富翁。我们由此明白了这个游戏的严肃性：与资本家的财富紧缩相对立、与在薪水上窘迫地精打细算相对立，它在充满快感的闸门大开之时，让银球一下子满握在手。

城市中心，空无中心

据说，四边形的、网状城市（如洛杉矶）会给人造成深度不适，这样的城市会给我们带来有关城市的内部机体觉①（Sentiment cénesthésique）损伤，

① Sentiment cénesthésique 是巴尔特对 cénesthésie 的一个描述。Cénesthésie 是 20 世纪初出现的一个精神病学术语，指除像疲劳感或舒适感这种竞争性感觉之外的某种对自身（身体）存在的模糊感觉，可能来自模糊和微弱的器官和组织感知，诸如压抑过程中或精神分裂某些状态下的错觉，以及诸如忧郁症的病态幻觉。因为多与精神和个性相关，所以区别于来自物理病变的感觉异常。1994 年简体中译版将该词译作“联觉（通感）”，是对 synesthésie 的张冠李戴；2014 年繁体中译版将该词译作“整体感觉”，未突出这种感觉的内在性和机体性的混合。

城市是一种表意文字：
文本延续着。

18 世纪末 19 世纪初东京街区图

（Nicolas Bouvier 收藏，日内瓦）

即这种［损伤后的］感觉让我们总想让所有的都市空间都有一个中心可去、可回，一个可供梦想、向往和离开的——一言以蔽之，一个可供创造的——绝对场所。出于多种（历史、经济、宗教和军事的）原因，西方只不过是特别深谙此法：所有西方城市都有朝向中心的趋势，与此同时，遵从西方形而上学的运动本身，即一切中心都是真理的场所，我们的城市中心总是**满满当当**：这是被强调的场所，正是在这里，文明的种种价值汇聚、凝结起来——（与教堂在一起的）灵性、（与办公楼在一起的）权力、（与银行在一起的）金钱、（与大商场在一起的）商品和（与种种广场——咖啡馆和步行街——在一起的）漂亮话：到中心去，就是与社会“真相”相遇，就是参与到“现实”的美好丰盈之中。

我要谈的城市（东京），表现出这一可贵的矛盾：它也有一个中心，但这个中心是空的。整个城市都围绕着一个既是禁区又无足轻重的地方，那里笼罩在绿荫之下，由沟渠保卫着，住着一个永远也见不到的天皇，也就是说，照字面意思，无人知晓此人是谁。每天，出租车敏捷、高效、迅疾地驶过，就像射出的轨线，绕过这个圈：它屋脊低沉，以不可见的可见形式藏匿着神圣的“无”。最强大的两个现代性城市之一，就这样建造在围墙、水、屋顶和树木构成的不透光的环形周围，其中心本身只不过是一个化作烟气的观念，它存续于此，不是为了散布权力，而是通过迫使交通永久改道而给整个城市的运动以中空的支撑。可以说，如此一来，想象之物就能通过绕弯回转，围绕着某个空无的主题，循环展开。

无地址

这座城的街道没有名称。它们确有书面地址，但只作邮政用途，而且参照的是地籍册（按街区和街道，一点也不精准），这些信息只有邮递员知道，访客则无法得知：这个世界最大的城市之一，实际上却没有分类，构成它的空间细节也没有命名。这种住宅信息的磨灭，对那些（就像我们）习惯于宣称最实用的总是最理性的（依照这一原则，最好的城市地名学是门牌号码式的，就像美国或京都[①]——一

① 现在的京都，即古平安京，公元 794 年始成为日本首都。当时选址时参考了风水思想，效仿中国唐代的京师长安，分为右京（又称“长安”）和左京（又称“洛阳”）两个对称的部分，是一座传统的市坊制都市。

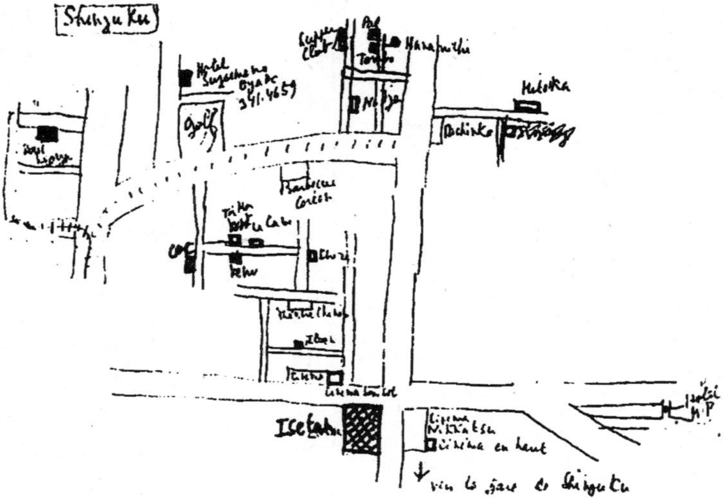

东京新宿小区地图

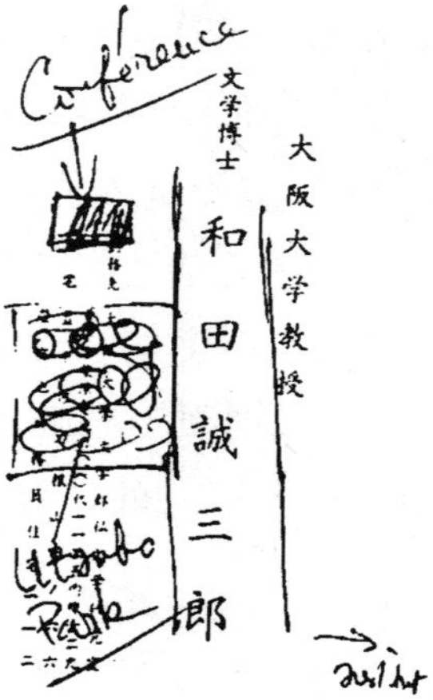

［画在名片正面的］定位示意图

个中式城）的人来说，显得很不方便。东京则告诉我们：理性只是众多系统中的一个。为了能够在现实中（在地址这个例子上）有所掌控，只要有系统性即可，这个系统性可以看起来没有逻辑，复杂得毫无用处，莫名其妙地前后不一致——但我们知道，好的零星修补不仅能够长久持续，还能够让安身于技术文明之种种完美之外的成千上万居民心满意足。

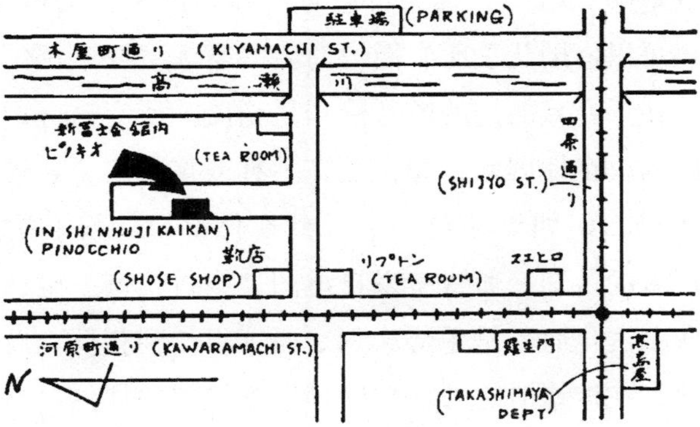

［画在名片背面的］定位示意图

匿名是通过某些临时措施（至少在我们看来是这样的）弥补的，而这些临时措施的组合则自成系统。人们可以用定位示意图（画的或印的）来描绘地址，类似于某种地理平面图，在已知坐标（如火车站）的基础上标出住宅所在地（这里的居民擅长这种即兴绘图，我们甚至可以在一张纸头上，看到街道、房屋、沟渠、铁路和招牌显露出来，这使得交换地址变成一种精致的交流。以这种方式，身体重获生命，象形艺术重新找到了它的位置：看人书写，总是饶有趣味的，看人画画则更是如此——每当有人这样留地址给我，我都牢牢记住那姿态：把铅笔转过来，用另一头的橡皮擦轻轻擦拭画过头的街道曲线、高架桥的交接点。尽管橡皮擦是一种与日本绘画传统相悖的物件，这个擦拭的动作还是带着安宁、柔和与稳当，就好像即便是在这微不足道的行为里，也应了演员世阿弥[①]的箴言——身体“比精神更含蓄地工作”。对地址的制作远远胜过地址本身，我沉醉其中，倒希望有人花几个小时来给我留地址）。只要你对目的地略知一二，你还可以自己指挥出租车司机穿街转巷。最后，你还可以借助几乎所有街边商店的露天货摊上都配备的硕大红色电话，让远在目的地的游客给司机指路。所有这些都用视觉经验作为定向的决定性因素：如果是在丛林或偏僻乡下，这不过是稀松平常的主张，但如果涉及一个巨型现代都市，就不是那么回事了——对后者的认知，通常是来自地图、旅行指南、电话簿，一句话，来自印刷文化而不是手势比划。而这里，则相反，设址没有任何抽象支撑，在地籍册之外，它就是一个纯粹的偶然：与其说是法定的，不如说是事实性的，它不再是身份和产业的结合点。这座城，只能用某种人种志（ethnographique）式的活动加以认知：要在其中辨别方向，不能靠书本、地址，而是靠行走、视野、习惯和经验。在此，所有的发现都是强烈而又脆弱的，只能通过它给我们

---

① 世阿弥（ぜあみ，1363—1443），日本室町时代初期的猿乐（以拟物为中心的戏剧）演员与能剧作家。世阿弥继承其父观阿弥的艺术成就，在以模仿表演为特点的“面白能”基础上，受犬王“幽玄能”的影响，开始表现人的内心；后从增阿弥学“冷寂”，绽放出“花”的幽玄美再经升华，产生“冷寂的美”，创造了观世流的独特风格。世阿弥的能乐论著《风姿花传》讨论艺术精神，同类书籍难觅他例，其中经典名句：“欲演怒涛之势，必存风柔之心。”

留下的对足迹的回忆来重新获取：初次拜访一个地方，就这样开始书写这个地方——没有现成的地址，需要地址自己创立自己的书写。

le rendez-vous

peut-être
tabun

fatigué
tsukareta

impossible
deki nai

je veux dormir
netai

会　　面

也许
tabun

疲惫
tsukareta

不可能
deki nai

我想睡觉
netai

车站

在这座无边的城市——真正的都市领地，每个居住区的名字都像一个大大的新闻头条，清晰、可辨地标注在那张有点空荡的地图上（因为街道没有名字）。这些名字的能指身份如此强烈，就像普鲁斯特在他的**地名册**中所看到的那样。每个居住区之所以能够在各自名下如此界限分明、集结有秩，那是因为它们各自都有一个中心，而这个中心没有什么精神上的象征意义：它通常是一个车站。

车站是庞大的有机体，容纳着主干列车、市区列车、地铁、大商场和整个地下商圈，按照某些城市设计师的说法，车站为居住区提供了彰显城区并让人对之有所察识的地标。日本的车站贯穿着数以千计的功能性通道——从旅行到购物、从服饰到饮食：一列火车可以突然从一个鞋店冒出来。车站必定要用于商业、通道和启程，却又都容纳在一个唯一的建筑里，因而对于车站来说（因此是否应将这个新的综合体称为车站呢?)，那些通常标志着我们［西方］城市之重要地标——大教堂、小教堂、市政厅、历史纪念碑——的神圣特征都荡然无存了。在这里，地标完全平淡无奇。对于西方城市，通常集市也可能是中心场所，但在东京，车站的不稳定性打破了商品原有的秩序：不停地启程阻碍了商品的集中——可以说，［这里的］商品只是成包的预备性物品，而包装本身只不过是通行证，是允许离开的票证。

这样，每个居住区都聚拢于车站的窟窿里——一个汇流着居住区之种种用法和愉悦的空无之点。这一天，我决定随便转转，漫无目的，只是跟着地名的感觉走。我知道在上野①，我会找到一个车站，地上全是年轻的滑雪者，而地下则延伸着一座城，塞满了商铺和平民酒吧，充斥着流浪者和旅行者，他们在肮脏的过道地面上睡觉、聊天甚至吃东西，总之，实现着底层世界的魔幻实质。另外有一天，我去了离上野很近的地方，那里的民众则是另一番景象。在

---

① 上野，位于东京都台东区，作为从东京通往东北地区的铁路交通起点站，素有北大门之称。巴尔特这里所说的地下城，可能是从上野车站到御徒町车站铁路护栏下方的阿麦横丁街，这条街发端于二战结束后出现的自由市场。

浅草[1]的商业街上（汽车禁行），环绕着纸质樱花，这里出售崭新、舒适又廉价的服饰：厚皮夹克（无违法之嫌）、镶有黑色皮毛边儿的手套、长长的羊毛围巾（是小城里的孩子放学回家时搭在肩上的那种）、皮帽子、熟练工毛绒闪亮的整套劳保用品［他们需要保暖，并有冒烟大矿床（那里连面条汤都会被精心烹调和烧煮）的财富支撑[2]］。在皇城圈（如果你还记得，就是那个空无的中心）的另一端，那里的民众更是另一番模样：池袋[3]，工人和农民的居住区，像粗糙却友好的杂种大狗。所有这些居住区产生了各种不同的阶层、各种不一样的行业，每种都给人以新的亲近感。穿过这座城市（或者深入其中，因为在地下有酒吧和商店网，有时，我们能够通过某个建筑的一个简单的入口进去，经由这样狭窄的门，来探索充满商业性和愉悦感的黑色印度的奢华与稠密），就是从上到下游览日本，就是在地形图上叠加对面孔的书写。这样，说出每个名字的时候，就会引出对一个小城的印象，那里居民的个体性如同一个部族群落，他们宽广无边的城市就是荆棘丛林。场所［名称］的这个

① 浅草，江户时期曾经是剧场和杂技团鳞次栉比的一条繁华热闹的欢乐街，是现在东京仍保留着江户时代风情的老市区，以浅草寺为中心。巴尔特这里说的商业街，可能就是从浅草地铁站出来，通往浅草寺的一条 250 米的步行街。浅草寺附近还有起源于大正时代初期的合羽桥工具用品街，大约有 170 间厨具用品专卖店聚集在这里。

② 此句被 1994 简体版和 2014 繁体版中译本误译为“煮面条汤的大蒸汽盆（煨煮麵湯的豪華蒸汽大鍋盆）”。

③ 池袋，位于东京都丰岛区。现在池袋著名的池袋西口公园已是 1970 年后的产物，当年关押政治犯的巢鸭监狱也于 1971 年后拆除。

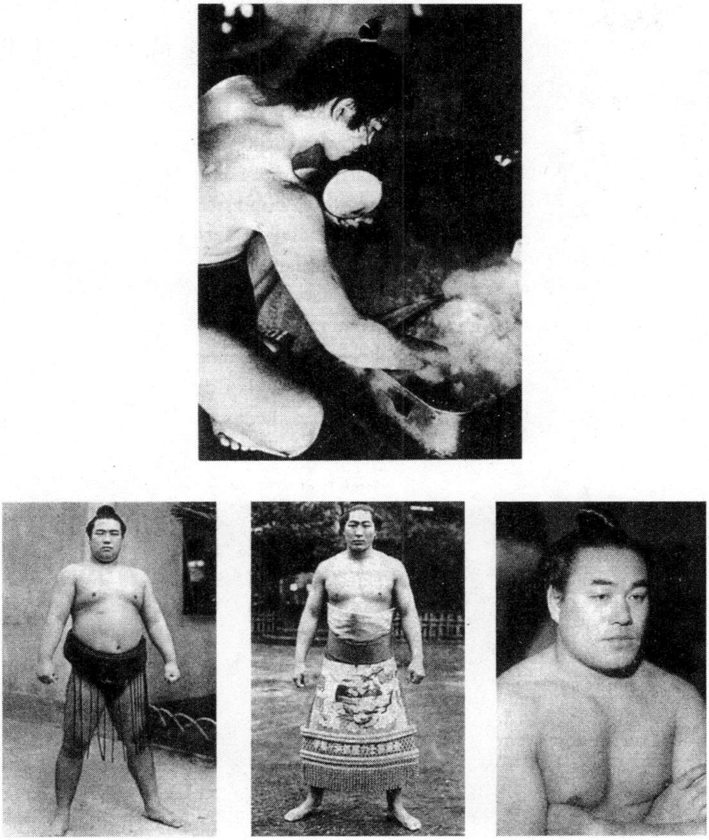

相扑手

（作者自藏）

相扑手形成了一个社会等级：他们离群索居、蓄长发、按规矩饮食。搏斗仅持续闪电般的刹那：让另一个庞大身躯倒下的时间。没有骤变，没有戏剧性，没有精疲力竭，总而言之一句话：没有运动。只有重量的符号，没有冲突的亢奋。

发音，就是历史的声音，因为这里的能指名称不是回忆，而是既往史，就像整个上野、整个浅草，都从这古老的俳句（出自17世纪的芭蕉[①]）扑面而来：

樱如云霞：
晚钟远。——上野
浅草孰打点？[②]

---

① 即松尾芭蕉（1644—1694），日本江户时代前期的一位俳谐师，以俳谐连歌诗人而著称，把俳句形式推向顶峰。但是在19世纪，连歌的开始一节（称为和歌）才发展成独立的诗体，称为俳谐。明治时代的诗人正冈子规首先称其为俳句。

② 原文：花の云钟は上野か浅草か。中译断行和标点来自法语译文。

包装

插花、物件、树木、面孔、花园和文本，如果说这些日式的事物和方式在我们看来显得都很小（我们的神话颂扬宏大、辽阔、宽广和敞开），这不是由于它们的尺寸，而是因为所有的物件、手势，甚至是最自由、最动态的东西，都好像是**被框限**的。微小不是来自尺度，而是来自事物自限、自制和完结的某种精度。这种精度，既没有什么道理也没有什么伦理：事物并不是以清教徒的方式（干净、坦陈或客观）达到**纯净**，而更是通过某种引起幻觉的额外添加（按波德莱尔的说法，类似于大麻产生的意象），或通过某种切断，去除物件之含义的羽饰，撤销它在世界之中在场和立身的所有踌躇。然而，这个框限是不可见的：日式事物不是通过圈围、着色而来，不是用颜色、阴影和笔法“填充”以构成鲜明的轮廓和线条，［日式］事物周围，只有：无，一个使事物亚光化的空的空间（因而在我们眼里：它内敛、缩减和微小）。

清酒桶

（Daniel Cordier 摄，巴黎）

可以说，［日式］物件以一种既始料不及又深思熟虑的方式，瓦解了它一贯所在的空间。例如：房间保留着一些明文限定，那就是地板上的席子、平整的窗户、护条支撑的隔板（墙面的纯粹影像）——与滑动门没有区分。这里，全是**线条**，好像房间是用毛笔一挥而就的。然而，通过第二层设置，这个严格性反而瓦解了：隔板是脆弱的，一捅就破；墙壁是可滑动的；家具是可收起的——这让我们在日式房间里又重新发现这种（尤其是服饰的）“奇幻色彩”，借此，所有日本人就可以毫不费力地瓦解对框限的因循，而无需搞出什么颠覆的戏码。或者，又例如：日本的插花（按照西方美学的语言来说）“构造严格”，所有日本导游册和所有关于“花道”的艺术书籍中都会提及，不管这种构造的象征意向如何，这种插花制造出来的，是气的流转，花朵、叶片和枝干（这些词都有点太植物学）。只是这些气的隔板、走廊和路障，它们按照“少”的理念精妙地追随自然的踪迹，而我们［西方人］则将这种理念与自然分离，好像只有充沛才能表现自然。日本插花是有体量的，是巴尔扎克笔下的英雄弗朗霍夫①所梦想的不为人知的杰作——这个杰作能让人走到所画人物的背后，而日本插花则能让人在枝杈间隙中、在其高低不一的空隙中移动身体，不是去**解读**（解读其象征意义），而是重新找到书写者之手的踪迹：这是真正的书写，因为它制造了一个体量，并拒绝让阅读成为对（高度象征性）信息的简单解码，它让阅读能够重新追索书写工作的轨迹。或者，特别是最后这个例子：日本著名的盒子游戏——一个盒子装在另一个盒子里，直到最里面是一个空盒子——甚至不需要考虑它的象征意义，我们

① 出自巴尔扎克1831年的小说《不为人知的杰作》（*Le Chef-d'œuvre inconnu*），该小说被认为是现代艺术的寓言，表现了语言表达与感性经验、与视觉想象力的飘忽不定之间不可逾越的鸿沟。小说中人物弗朗霍夫（Frenhofer）的完美画作中只有一只女人的脚从混乱的色彩中、从昏迷的雾霭中浮现出来。毕加索后来在小说人物所在的巴黎格朗兹-奥古斯丁大街的一间工作室创作出《格尔尼卡》（*Guernica*）。

就可以在最简单的日本包装中，看到真正的语义学沉思。用纸板、木头、纸张和饰带，以一丝不苟的态度以及调制技术，严格地布局，达到几何般的精准，又总是在某处折个褶、打个结，做出不对称的模样：包装已不再是运送物件的过渡性附属品，而是本身成为物件。尽管包裹物本身是免费的，但被认为是珍贵之物，而包装则是一种思想。由此，在一本带有隐约色情性质的杂志上，一个裸体日本男孩的形象，很规整地捆扎成香肠的模样：施虐倾向（更多地是彰显出来，而不是实际地完成）天真地——或极具讽刺地——蕴涵在实践中，这不是被动地蕴涵其中，而是作为一种极端艺术：包装和捆绑的极端艺术。

然而，由于包裹物本身的完美，这种常常重复的包裹（总有拆不完的包装），推延了对其所包裹之物件的发现——被包裹物有时是那么不起眼，因为它的微不足道与奢华的包装不成比例，这着实是日本包装的一个特色：一颗糖果、一小块甜豆糕、一件平常的“纪念品”（不幸的是，日本人很懂得制造这种东西）被包装得像珠宝一样奢华。总之，可以说包装盒才是礼物，而不是盒中之物：一群小学生，游览了一天后，给父母带回一个不知道装着什么的漂亮礼盒，就好像他们去了很远，而这正是他们醉心于包装快感的良机。所以，包装盒扮演符号的角色，就像包裹、屏障、面具。它**对于**其所掩藏、保护却又指称的事物是**有益的**：它**买椟还珠**①，这个

① 巴尔特用的法语表达是 donner le change，意思是“欺骗，使……认错目标”，其中 change 有交易、汇兑的意思。

表达有双重含义——货币的和心理的，但包装隐涵和指称的东西本身，却早已**交付稍后**，就像是包装的功能不是在空间中进行保护，而是在时间中进行拖延。（礼物的）**调制**（制作）功夫似乎都投注于包裹，而物件正是因此失去了存在的意义，成为蜃景：包着包着，所指就流逝了，而当我们最后抓住它的时候（包装里总是有小小的**某个事物**），它就显得无意义和可笑：所指领域——愉悦——已经获得：包装不是空的，而是被清空了——找到包装中的物件或符号中的所指，就是将其丢弃。总的来说，日本人以一种蚂蚁上身的活力传送的，是种种空的符号。因为在日本，我们可称之为"运送工具"的东西十分丰富，它们种类繁多、形式多样、质地不一：盒

尼姑太田垣莲月（1791—1875），《茶壶》（Chabin）

水墨画。尺寸：29.5cm×56.2cm。慕尼黑，Heinz Brasch 收藏。

（A. Grivel 摄，日内瓦）

茶叶之末，书写之网。

子、网兜、袋子、箱子、布头（*fujô*：手绢或农民头巾，可以用来包东西）。街上人手一个小包袱，一种空的符号，保护有加、运送迅捷，就好像缔造日式物件之完美形象、框架和致幻的轮廓，注定要用它来进行普遍化转移。事物的丰饶、意义的深邃，只能用加诸所有制品上的三重品质驱散：精确、流变和空。

三种书写

日本文乐木偶戏[1]（*Bunraku*）中的木偶有一到两米高。这是些小小男人和小小女人，肢体、手和嘴巴能活动。每个木偶由三个可见的人驱动，他们围在木偶旁边，支撑着它、陪伴着它：师傅掌握木偶的上身和右臂，面部显露着，清澈、沉着、冷静，就像“刚洗过的白洋葱”（芭蕉语）。两个助手着黑衣，一块布遮着脸：一个戴着手套，但露出拇指，拿

① 文乐木偶戏是日本最主要的传统舞台艺术形式之一，集说唱、乐器伴奏和木偶剧于一体。起源于江户时代，是17世纪流行的一种叙事的净琉璃艺术与木偶艺术的结晶。

式台的走廊

二条城，京都，建于 1603 年。

倒转图像：

无增，无他，无。

着一把绑着线的剪形装置，用来活动木偶的手臂和左手；另一个则匍匐着，扶住木偶的身体，保障行走。这些人沿着一条浅浅的可以看到他们身体的沟道做一系列动作。布景在他们身后，就像在剧场中一样。旁边，一个台子上容纳着乐师和配唱者。他们的任务是表达[①]文本（就像我们压榨水果），这些半说半唱出来的文本，不断被三味线[②]演奏者拨弹的大声响所顿挫，既奔放又有分寸，带有暴力和技巧。配唱者流着汗、一动不动，坐在放着所唱大作的小阅览架后面，当他们翻动一页剧本的时候，人们可以从远处看到剧本上竖排的文字；一块挺直的三角帆布，像风筝一样固定在他们的肩膀上，框住他们的脸，使之饱受声音的折磨。

所以，文乐木偶戏进行的是三种相分离的书写，但又在演出的三个地点同时供人阅读：木偶、操纵者和大吼大叫的配唱者，被实施的动作、实施的动作和声音的动作。声音：现代性的真正关键，语言的独特质料，我们［西方人］试图让它无往不胜。文乐木偶戏则完全相反，它对声音持限定的观念。它并不取消声音，而是给声音指定一个特征明确——主要是通俗——的功能。在配唱者的声音里，实际上掺杂着愤慨的宣告、颤音、尖锐的女声、破碎的语调、

① 此处巴尔特用的是法语词 exprimer，该词通常是“表达（制造符合……的声音和书写符号）”的意思，也是“挤榨汁液”的典雅说法。

② 三味线是日本传统弦乐器，与源自中国的三弦相近。由细长的琴杆和方形的音箱两部分组成。三味线一般用丝做弦，也有用尼龙材料做成的，在演奏时，演奏者需要用象牙、犀牛角、乌龟壳等材料制成的拨子拨弄琴弦，其声色清幽而纯净，质朴而悠扬。

哭声，愤怒、抱怨、哀求、震惊的各种极点，过度的情绪，是感情的大杂烩。这些在身体内部脏腑中敞开炼制，而喉咙则是调解这一切的肌腱。而且这种充分流露只在充分流露的法则之下才会被给予：声音只穿越暴风雨式的不连贯的征象而动，从保持静止的身体中喷薄而出，被服装整成三角形，与摆在阅览架上指引它的书相关联，被三味线演奏者轻微错位（甚至在那儿有些不恰当）的声响生硬地装订起来。声音质料则保持书写状态、不连贯、编码化，进行着某种嘲讽①（如果你愿意，大可以把这个词的所有刻薄意味去掉）。如此，到最后，声音外在化的东西不是其所承载的（“种种情感”），而是它本身，它对自己的出卖。能指只是像手套一样将自己翻转出来。

声音并没有被取消（取消是查禁的一种方式，也就是指出被查禁事物的重要性），而是被搁置一边（从布景来说，配唱者只占据旁侧的一个台子）。木偶戏为声音提供了某种平衡力量，或者更好，提供了某种回返之路：动作。动作是双重的：在木偶层面的煽情动作（人们会因为木偶情人的自杀而落泪），在操纵者层面的传递性行为。在我们［西方］的戏剧艺术中，演员假装在行动，但他们的行为永远只是些动作：在舞台上，只有戏，而且是无耻的戏。文乐

① 在法国思想家看来，声音质料本身也有自身的存在价值，但在表征体系里为书写、表达所用，只能将自身独立的存在掩藏起来。在文乐木偶剧中，为书写表达情感而发的声音，又因表演时的碎片化而恢复了自身的存在。因此这里巴尔特说声音质料进行着某种嘲讽，意在表达这种价值含义让位和恢复的吊诡状态。

木偶戏（这是它的定义），却把行为与动作分离开来：它表现（木偶的）动作，也让人看到（操纵者的）行为，它同时展示艺术和操作过程，保留它们各自的书写。声音（任由声音抵达音调的极端领域，也毫无风险），重叠着大量的沉默，在沉默里，会嵌入更多的花招、其他表达方式和其他书写。而在这里，就会产生难以置信的效果：这些寂静的书写远离声音，也几乎毫无模仿，一个是传递性的，另一个则是手势性的，它们制造出一种可能与某些麻醉品所产生的精神过敏同样特别的兴奋。话语不是被净化了（文乐木偶戏毫不担心禁欲的问题），但可以说是被集中在游戏一边。西方戏剧中拖泥带水的质料都被消解了：情感不再进行充溢和浸没，而是成为读本。陈词滥调消失了，而表演并没有因此陷入古怪，成为"新发明"。所有这些当然与布莱希特①所倡导的间距效果（l'effet de distance）相吻合。尽管布莱希特非常明确地将这种间距置于革命性（这也许能对后面的状况有所解释）剧作艺术的核心，我们还是认为这种间距不可能、无用或可笑，并极力摒弃之。而文乐木偶戏则会让人明白这种距离如何发挥作用：通过种种法则的不连续性，通过这种置于表征不同表达方式中的顿挫，使得在场景中制造的复本好像被打碎、条割（而不是被摧毁），使它们免于声音和动作、灵魂和身体的换喻式感染（这正是束缚我们演员的东西）。

---

① 布莱希特（Bertolt Brecht，1898—1956），德国戏剧家、导演、戏剧批判家、小说和散文作家以及诗人。现代戏剧史上极具影响力的剧场改革者、剧作家及导演，被视为当代"教育剧场"的启蒙人物。

歌舞伎演员

幕前、幕后（旁边是他的两个儿子）。

（作者自藏）

东方男扮女装者不模仿女人，他意味着女人。他不黏附于女性模式之中，摆脱其所指：女性气质是供阅读的，而不是供观赏的——转译，而不是违抗。符号从重大的女性角色转到五十多岁的父亲：这是同一个人，但隐喻从何开始？

文乐木偶戏的表演有所划分但具有整体性，它当然排斥即兴之作：回到自发性就是回到在“深层”构造我们的陈词滥调。正如布莱希特所看到的，这里占统治地位的是**引文**，是书写的那一簇，是法则的碎片，因为没有任何一个游戏的发动者可以独自把握那个从来都不是由他独自书写的作品。正如在现代文本中，编码、参照、松散的记录和文选式的举动，使书写线索多样化，而这不是通过某种形而上的感染力，而是通过在整个剧场空间中打开的组合完成的：由一个事物开端的，将由另一个事物继续，没有休止。

符号是一种裂缝，
从来只能在另一个符号的面孔上打开。

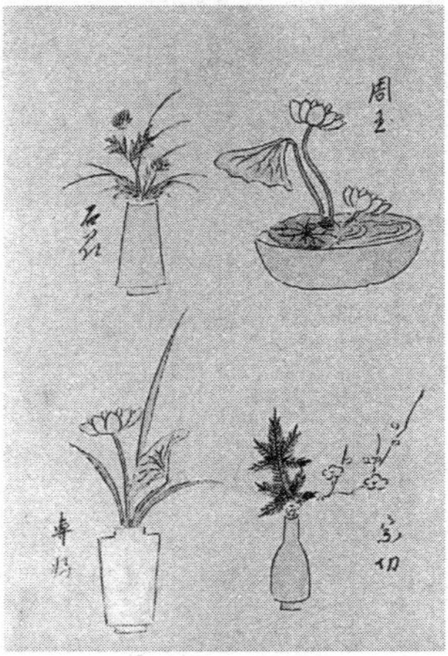

茶道大师的花艺布置

出自细川忠兴（1563—1645）的三斋笔记手稿《细川三斋茶书》。京都，重森三铃收藏。（东京美术出版社摄）

宝志禅师像

宝志禅师，南北朝齐、梁时（平安时代末期）中国僧人。京都国立博物馆。（东京座石宝刊行会摄）

一位书法大师挥毫的动作

（Nicolas Bouvier 摄，日内瓦）

因此，书写对记录的规划充耳不闻，因为书写是自一种不可观看（不是面对面，不是一上来就促成视觉，而是促成写与画的行动）的后退和开岔进行的，它将支撑物分成几个通道，好像是要提示出完成书写的这个复数的空无——书写就是脱离表面，在表面上编织。它受托于不再是基底的基底，朝向不再是表面的表面，即朝向力透纸背而写就（毛笔在掌中挺立）的纤维——表意文字就这样进入笔管（管道或梯级），像一根被音域里的单音节发动起来的复合短线那样，在笔管中层层叠起：这个笔管可以说是一个“中空的手腕”，在那里，首先出现的是“绝无仅有的一下”，即穿越被凿空之臂膀的气息，这就是“藏锋”或“无痕”之前的完美运笔。

——菲利普·索莱尔斯，《论物质主义》，1969

有生命与无生命

日本文乐木偶戏会处理有生命与无生命这一基本的二律背反，但它将之打乱、使之消散，毫无偏袒。在我们［西方人］这里，木偶（如潘畸①）是为了给演员呈现一面与之相反的镜子，它使无生命者具有生命，但这是为了更好地表现无生命者的低级，其惰性的可耻：木偶是“生命”的讽刺画，正

① 法语为 Polichinelle，意大利语为 Pulcinella，源自16世纪意大利假面喜剧中的一个驼背丑角。Pulcinella 与意大利语 pulcino（法语为 poussin，小鸡，小儿）是同根词，所以法国人常常将 Polichinelle 理解为鸡胸驼背、尖嗓音的滑稽人物。

因此它表明了生命的道德界限，并自诩在演员的生命之躯中（不过，演员则要使这躯体成为一个假象）毗邻美、真和情感。而日本文乐木偶戏则不会留下演员的印记，它会为我们消除这些印记。怎样消除呢？确切地说，正是出于对人类身体的某种见解，在这里，无生命的质料比有生命的躯体（赋有“灵魂”）更严酷，能够导致更多的震颤。西方（自然主义）演员向来不好看，其躯体只具有生理实质，而无造型实质：那只是一堆器官，激情的肌肉组织，其（声音、表情、动作）所有动力都受限于某种操练。尽管演员的躯体是根据某种激情实质的划分构造的，但经过某种完全资产阶级的突然转变，这个躯体从生理上获得了一个有机体的托辞，那就是“生命”：这里，演员才是木偶，演员虽然与表演游戏紧密关联，但这个游戏的模式不是爱抚，而仅仅是脏腑式的“真实”。

我们［西方］戏剧艺术的基础，实际上更多的是整体性的幻象，而不是现实的幻象：从希腊**歌舞剧**（choréia）到资产阶级歌剧，我们周期性地将抒情艺术构想为多种表达（表演、歌唱、模仿）的同时进行，而这些表达的起源独一无二、不可分割。这就是躯体，其所要求的整体性就具有有机体的统一性：西方的表演都是拟人的。在这种表演中，动作和话语（更不要说歌唱）都拧成一股绳，聚结、润滑得像是一块单一的肌肉，它演出各种表达，但从不划分这些表达：运动和声音的统一体产生**表演者**，换句话说，角色“本人”（即演员）是在这个统一体中构造出来的。实际上，在西方演员“活生生的”和“自然的”外表之下，演员保存着其身体的划分，因而也保存了我们各种幻想的养料：这里的声音，那里的观看，还有那里的表达方式，都被色情化，好像有多少身体的碎片，就有多少崇拜物。西方木偶（在潘畸中显而易见）也是一种幻想性产物：就像一种刺耳的还原和反射，不断通过某种歪曲的模拟提醒人们它隶属于人类秩序；这种木偶并不像一个整全的、整个颤动的身体那样活动，而是像它所源出的演员之僵硬的一部分；这种木偶就像木头人，它的运动仍是碎片式的，跳动、摇摆，本质上是非连续的，来自身体动作的分解投射；最后，就像玩具娃娃，让人模糊忆起破布头和包扎生殖器的绷带，这种木偶就是阴茎那个“小东西”（“das Kleine”），从身上掉下来，成为崇拜物。

日本木偶可能也保存着这种幻想起源的某种痕迹，但日本文乐木偶戏艺术并不旨在使身体的一个碎片——人的一个碎屑——（保持其作为部分的天命）活灵活现，并以此赋予一个无生命对象以生命。它寻求的不是对身体的模仿，可以说它寻求的是对身体的感性抽象。所有那些我们归于整个身体的，在器官性（“有生命的”）统一体掩盖下的西方演员所拒绝的东西，文乐木偶戏的小人儿都诚实无欺地予以接受并加以表现：脆弱、平庸、奢华、难以置信的细微差别、对所有粗鄙的抛弃、动作富有旋律性的顿挫，简言之，种种古代神学梦想为光荣之躯所赋予的那些特质，即沉着、明净、灵活、敏锐都得到了体现。就这样，日本文乐木偶戏拒斥了有生命与无生命的二律背反，驱散了隐藏在所有使质料富有生命之方式背后的概念——很简单，这个概念就是“灵魂”。

内在与外在

以近几个世纪的西方戏剧为例，其功能主要是表现那些被视为秘密的东西（“感情”、“形势”、“冲突”），并将这种表现的手法本身（舞台效果装置、绘画、化妆、光源）隐藏起来。意大利式舞台就是这种虚构空间：在那里，一切都发生在蜷缩于黑暗中的观众悄悄敞开的、充满惊奇的、被窥伺和被品味的内心之中。这个空间是神学空间，是罪过的空间：一边是演员在假装忽略的光亮中所发出的动作和话语，另一边是观众在黑暗中的意识。

日本文乐木偶戏并不直接颠覆观众与舞台的关系（且日本的戏剧观众远没有我们［西方］的观众

那么拥挤，让人感到窒息和累赘），它改变的是更为深刻的东西，即从角色到演员的驱动关系，而在我们这里，这个关系总被看做是某种内在性的表现手段。必须提及的是，在日本文乐木偶戏中，操偶师可见但又面无表情。那些全身［包括整个头部］黑衣的人在娃娃周围忙忙碌碌，但他们动作娴熟、行事低调、毫无造作，可以说，没有任何广而告之式的哗众取宠。他们的动作寂静、迅疾、优雅，完全是传递性和操作性的，带着力量和灵巧的融合——这种融合是日本人动作的标志，也是效率的美学包装。而主操偶师的头则显露出来，其面部平滑、无装饰、不化妆——这让他保持平民（非戏剧）的特点，供观众阅读。但那精心、细致地供人阅读的，正是无可阅读。人们可以在这里看到意义的免除，而我们［西方人］则很难理解这一点，因为在我们这里，抨击意义就是隐藏或颠倒意义，却从来都不会使意义缺失。对于日本文乐木偶戏来说，戏剧的来源都展现在它们的空无之中。舞台驱逐的正是不正常的兴奋，也就是戏剧本身。而现场所安置的，都是制造表演必要的活动：工作取代内在性。

因此，像某些欧洲人那样去问“观众是否能忘却操纵者的存在”这样的问题是没有意义的。日本文乐木偶戏既不隐藏也不着力表现它的原动力，这样，就使演员的表演得以摆脱所有不可侵犯的遗臭，并取消西方人在灵魂与身体、原因与效果、动力与机械、操偶师与演员、命运与人、上帝与造物之间，情不自禁要建立的形而上学关联：如果操纵者并没有隐藏起来，为什么要把他视作上帝？

又如何把他视作上帝呢？在日本文乐木偶戏中，没有任何操纵线把持木偶。没有了操纵线，因而也就没有了隐喻，没有了命运。木偶不再笨拙地模仿人，人也不再是神所掌握的木偶，**内在**不再支配**外在**。

鞠躬

在西方，为什么人们带着怀疑来看待礼貌呢？为什么谦恭被看做疏离（或者甚至是某种逃避）或虚伪呢？为什么人们更渴望“非正式”关系（就像我们在这里贪婪地提出这一点）而不是规则化的关系呢？

西方的无礼基于某种“人格”的神话。从拓扑学的观点来看，西方人以双重性著称，即由社会性、造作和虚假的“外在”和个人性、真实的“内在”（神圣的沟通之所）构成。按照这种描绘，人类的“人格”是充满本性（或神性，或罪恶）之地，被评价颇低的社会包装缠绕、封闭着：（当被要求时）礼

横滨码头

资料来自 Félicien Challaye 的《图解日本》(Japon illustré)，巴黎，拉鲁斯出版社，1915 年。

(Underwood 摄，伦敦和纽约)

谁向谁致敬?

貌行为是跨越世俗界限（也就是不顾这种界限，并以这种界限为媒介），以一种完满状态向另一种完满状态交换尊重的符号。不过，一旦将内在“人格”判定为应受尊重之物，那么逻辑上就应该通过否定其世俗包装的所有趣味，以便更好地确认这个人。因此，最符合他者个体价值的，是所谓坦率、粗鲁、毫无遮掩、剥除所有体貌特征、无视所有居间规则的关系——西方道德也就会合乎逻辑地说：举止无礼，是真实的表现。因为如果真有这样一种人类“人格”（紧致、完整、集中、神圣），那么首先我们大概是要（用头、嘴唇、身体）向这种人格“致以敬意”；而我们自身的“人格”，不可避免地要与他人的完满性相衡量，那就只有抛弃所有造作的介质，肯定“内在”的完整性（这个词恰恰是模糊的：物理上的和道德上的完整性），才能让人认识到我们自身的“人格”。而其后，我们会减少致敬，我们假装想让这种致敬自然、自发，脱离所有法则，纯净无瑕。这样，我们就很难变得亲切，或只是按照某种大概是虚构出来的花样那样亲切——这就像（普鲁斯特的）帕尔玛公主表明她收入丰裕、地位高贵（也就是她物质“丰盈”和构造人格的）模式——这不是因为那难以接近的生硬距离，而是因为其行为举止有意“不拘礼节”：我是多么不讲究，我是多么亲切，我是多么坦诚，我就是**这样一个人**。这就是西方的无礼所呈现的样子。

而另一种礼貌，由于繁规冗节、动作直截了当，甚至在我们［西方人］看来过度恭敬（也就是在我们眼里是“丢人的”）——因为我们以基于某种人格形而上学的习惯来理解它——这种礼貌所秉持的不过是空洞（就像人们可以预想某种强大的规则，但这个规则所申明的就是“空无”）。按照微妙法则化的深度，两个身体彼此极低地弯腰（手臂、膝盖和头一直保持在某个标准的位置）。又或者（按照旧时的样子），赠人礼物时，我要俯首贴地。作为回敬，对方也要同礼相待：同样身线俯地，与施礼者并齐，接受致敬。而礼仪的关键则是一个也许什么也没装（或者装得很少）的盒子，一个图式形式（切入屋子的空间之中）就这样赋予交换行为，通过这个形式，交换行为取消了所有贪婪（礼物在两个消失的贪婪中保持悬搁）。这里，致敬脱离了所有屈辱或虚浮，因为严格来说，这个致敬不针对任何人，它不是两个自足者、两个个体王国（各人支配各自的**自我**，各人把握各自“要点”的小小领域）被监视、屈尊和小心谨慎进行交流的符号，它只不过是形式网络的一个特征性行为，而这个形式网络，既不捕捉什么，也不编织什么，更没有什么深刻之处。**谁向谁致敬**？仅仅这样一个问题就能证明致敬的合理性，让致敬走向鞠躬、俯首贴地。这种致敬崇尚的也不是意义，而是图式。它给我们认为过度的姿态以动作本身的克制，而这个姿态的所有所指则不可思议地完全缺席。佛教反复说：**色即是空**（*La Forme est vide*）。这正是致敬的礼节、鞠躬的身体（相互通信但不卑躬屈节），通过形式的实践（这个词的可塑意义和世俗意义在此是不可分割的）所陈述的东西。我们的话语习惯有很多问题，因为如果我说在那里礼仪是一种宗教，我会让人以为这种礼仪带有某种神圣的成分。因此，表达必须有意让人误入歧途，并以此告诉人们：在那里，宗教只是一种礼仪。或者这样说会更好：礼仪取代了宗教。

礼物孤零零的：
慷慨
感激
都未触及过它，
灵魂没有玷污它。

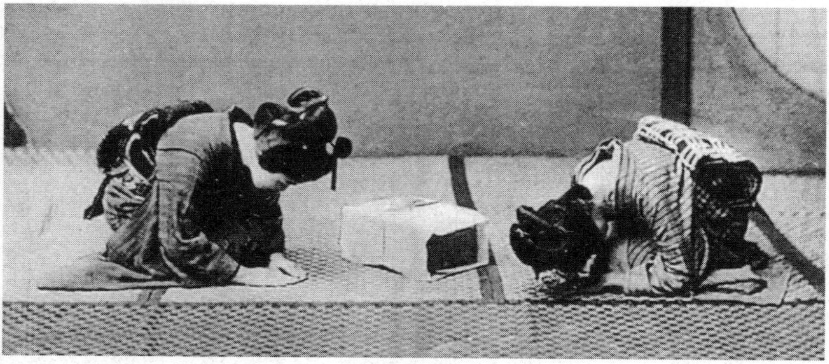

赠礼

资料来自《图解日本》，同上所引。

破门而入的意义

俳句有那么点变幻不定的特质，人们总以为自己可以很容易地创作俳句。有人认为，有什么比这样的（来自与谢芜村[①]）即兴书写更容易的呢？

秋夜，
我只想念
父母。

俳句让人渴望。多少西方读者梦想着手拿记事

① 与谢芜村（Yosa Buson，1716—1784），本姓谷口或谷，号“芜村”。日本江户时代中期的俳句诗人、画家。

本，漫步人生，记下这里那里的“印象”，好像简短就能保证完美，朴实就证明了深邃（这依照的是一个双重神话：一个是古典的，它使简明成为艺术的见证；一个是浪漫主义的，它视即兴之作为第一真理）。俳句明白易懂，但无所意味。正是以此双重状态，俳句似乎以一种特别无拘束、特别殷勤的方式，为意义提供了有如彬彬有礼的东道主的样式，能让你带着你的疯狂、价值和符号，宽绰有余地安居其中。俳句的“不在场”特质（既像人们所说的不现实的智者，又像人们所说的外出旅行的房主），昭示着引诱，召唤着擅闯，一言以蔽之，就是呼唤着对意义的强烈觊觎。俳句（在我们的翻译中）摆脱了格律限制，似乎将珍贵的、必不可少的、像财富（机遇和金钱）一样令人向往的意义廉价地、大量地、按需地给予我们。人们会说，在俳句中，象征、隐喻和忠告不费吹灰之力：寥寥数语，就能呈现一幅图景、一种感情——我们的文学在这里却通常需要一首诗、一段发展过程或（在这种简练的类型中）一个精雕细琢的思想，简言之，需要许多修辞功夫。俳句似乎也能给予西方人那些其自身文学拒绝赋予的权利和不愿给予的便利。俳句会说，你有权写琐碎、简短和平常的东西。将你的所见、所感放入语词细薄的境域中，你会感到兴致盎然。你有权自己（并由自身出发）建立你自己的权威。你的句子，不管它是怎样的，都将说出一个忠告、释放一种象征，你也会是深刻的。花费最小的力气，你的写作也是**完满的**。

西方人以专横宗教（按人口强加施洗）的方式，让一切沾上意

《茄子与黄瓜》

北斋画派（北方画派）绘画。作者不详（大概是 16 世纪中期人）。水墨画。尺寸：28.7cm×42.5cm。苏黎世，Heinz Brasch 收藏。

（Maurice Babey 摄，巴塞尔）

一根黄瓜、两个茄子，原封不动地陈述出来，就像俳句的三行诗句。

义。语言的对象（用言说构成）显然就是那些权利皈依者：语言中的第一意义以换喻的方式召唤话语中的第二意义，而这一召唤具有普遍价值。我们［西方人］有两种让话语免遭无意义之耻的方式，而且我们让（处于所有无用之物——可以让人看到语言的空洞——狂热填塞之中的）陈述（*énonciatin*）系统性地服从于这些**音义关系**（*significations*，或种种主动的符号制造）中的一个或另一个：象征和推理、隐喻和三段论。俳句的命题总是简单、日常，简言之，就是**句法正确**（就像语言学的说法）。俳句被［西方人］拉入这两个意义帝国中的一个。它像是一种“诗”，有人就把它放在符合所谓“诗情”一般感情法则的那部分（对我们来说，诗通常是“散漫者”“不可言喻之物”“感性物”的符号表现，属于无法分类的感受那个类别）。它说的是“浓缩的情感”“绝妙瞬间的真诚记录”，且尤其是“寂静”（这个寂静对我们来说，就是充满语言的征兆）。有人（内藤丈草①）写道：

多少人
穿梭秋雨
走过濑田桥！

人们就从中看到时间流逝的景象。另有人（松尾芭蕉）写道：

我沿山间小路走来。

① 内藤丈草（Naitō Jōsō，1662—1704），江户时代的俳句诗人，松尾芭蕉的得意弟子，最得芭蕉的清寂之味，为“蕉门十哲”之一。

啊！这真美妙！

一朵紫罗兰！

[人们就认为] 这是他遇到了一位佛家隐士，“德之花”，且接下来如此这般。[这里，] 每一句都是由负载着象征符号的西方评论者所赋予的。甚或，人们无论如何要在俳句（由五音节、七音节和五音节组成）的三行诗节中看到三阶段（起笔、悬念、结尾）的三段论式布局：

闲寂古池旁

青蛙跳入水中央

扑通一声响。

（在这一特别的三段论中，其内容是强行包含进去的：为了容纳其中，必须较小的跳入较大的之中）。当然，如果有人要抛弃隐喻或三段论，评论就是不可能的：谈论俳句，就会变成纯粹简单的重复。松尾芭蕉的一位评论者曾对其下面这首诗作了天真注释：

已经四点……

我九度起床

赏月。

这位评论者说：“月亮太美，诗人反复起床，在窗前凝视月亮。”破译、形式化或同义反复，我们 [西方人] 的阐释途径注定要穿破意义，也就是通过破门而入引进意义——而不是摇晃它，让它掉下来，就像对待禅修者面对心印①（*koan*），那反复咀嚼荒谬的牙齿一样——因此，这样的阐释途径只能是错过俳句。因为这里的阅读功夫是悬搁语言，而不是煽动语言——俳句大师松尾芭蕉似乎正好深悉此事的难度和必要性：

他如此奇妙
见闪电
而不谓"生如蜉蝣"！

① 心印，佛教名词，又名佛心印。意思是，禅之本意，不立文字，不依言语，直印于众生之心，谓之以心传心。怀则《天台传佛心印记》云："我心本具，不从他得，名为不传。心虽本具，点示方知，是为传。此不传之妙，如印印心，是名心印。"这里有面对俳句，彼此会意、心心相印的意思。西方早期基督教也有对教义身体力行的教诲，但中后期更多的则是《圣经》阐释。这可能也是巴尔特未明言的自我批判之处。

免除意义

整个**禅宗**都在进行反对意义渎占[①]的战争。我们知道，佛教之所以可以避免任何断言（或否定）所引致的死胡同，是因为它劝人永远也不要陷入以下四个命题：这是A；这不是A；这既是A也是非A；这既不是A也不是非A。而这个四重可能性与

① 巴尔特使用的是prévarication一词，该词是“渎职”的书面语，意为公职人员贪污、盗用或挪用公款、侵占或侵吞公共财产。本书已有两本中译（1994简体本和2014繁体本）都将该词译作“亵渎”，而此处并没有“亲近而不庄重”的“亵”之意。鉴于此处表达以侵占的方式对意义（某种程度上是一种“公共财产”）不恭敬，故译为“渎占”。

结构语言学所建构的那种完美范式（**A；非 A；既不是 A 亦不是非 A〈零度〉；既是 A 亦是非 A〈复合度〉**）一致。换句话说，佛教方法确切来说就是阻塞意义的方法：意指的秘术本身（即范式）变得不可能了。**禅宗**六祖指导**问答**（*mondo*，即一种问答练习）时，为了在提出一个概念时更彻底地打乱范式的作用，建议避向其相反的概念（“如果有人问你关于存在的问题，你就用不存在回答。如果他问你关于不存在的问题，你就用存在回答。如果他问你关于普通人的问题，你就谈谈智慧之人，等等”），以此表明对范式性顿悟的嘲笑以及意义的机械性质。这里（用一种心理技巧，其精确、耐心、精练和知识都证明东方思想在何种程度上认为意义的时效要求颇高、难以满足）所针对的是符号的基础，也就是分类［*maya*（摩耶①）］。受限于类别，尤其是语言的类别，俳句的操作至少是为了获得一种平凡的语言，这样，意义叠加的诸多层面（可谓象征的“叠层”）上什么也不会放置。有人说松尾芭蕉是在蛙鸣的启发下获得禅的真理的，我们可以理解为（尽管这仍然是一种非常西方的说法）芭蕉在这蛙鸣中发现的肯定不是某种“灵感”、某种敏感的符

---

① Maya（māyā），一般翻译成“幻”或“摩耶”，字面意思可以翻译为“那不是的”。Māyā 词源不是很清楚，可能来自词根 mā，指“度量、测量”。在古代吠陀文献中，Māyā 字义包含了超常的力量和智慧。在后来以及后期文本中，它的意思是“一种魔法般的展示，一种虚幻，在那种状态中事物似乎呈现，但不是所见到的那样”。Māyā 也是一个灵性概念，意思是“存在的，但却是不断变化的，因而在灵性上不是真的”，它是“力量或原则，有能力隐藏灵性实在的特征”。

号性表现的主题，而是语言的一种终结：一时间，语言停止了（这种时刻是通过强加训练获得的），正是这一无反响的断裂同时建立起禅宗的真理与俳句的形式（简约、空无）。[俳句] 对“发挥”的否定是极端的，因为这并不是将语言停止在某种沉重、满溢、幽深、神秘的寂静之中，甚至也不是停止在某种将在神性交流中打开的灵魂空无之中（**禅宗**是没有上帝的）。[俳句] 所谈论的东西既不在话语中展开，也不在话语终结中展开。其所谈论的是未经打磨的东西，人们所能做的就是反复思索。这也是在心印上下功夫（或领略师傅所述轶事）的人需要做的：无需解答（好像本来有意义似的），甚至也无需感知其荒谬性（荒谬性也是一种意义），而是反复咀嚼，“直到有什么脱口而出”。俳句只是整个**禅宗**的一个文学分支，而整个**禅宗**就像一个无边的实践，它注定要**制止语言**，要取消这种不断对我们进行的乃至在睡眠中也不罢休（也许因此禅修者要避免打瞌睡）的无线电发射似的东西，要让灵魂这抑制不住的喋喋不休出空、昏迷、干涸，这也许就是**禅宗**里叫做**悟**（*satori*）的东西——西方人只能用带有基督教意味的语词（感悟、启示、直觉）来翻译——它难道不就是一种令人惶恐的语言悬搁，一片抹除法则统治的空白，一个在构造了我们人格的内在吟诵上的裂口？如果说这种**非语言**状态是一种解放，那是因为对于佛教经验来说，二级思考（对思考的思考）的增殖，毋宁说是额外所指的无限添加（这是一种循环，语言本身就是这种循环的所有者和模型），就像是一种障碍：正是反过来取消二级思考，才能断绝语言的无限危害。所有这些 [佛教] 经验，似乎并不是要将语言镇压在不可言喻的神秘寂静之中，而是**慎用**（*mesurer*）语言，让这个将符号替换的强迫性游戏卷入语词旋转之中的陀螺停转。总之，这里攻击的是进行语义操作的符号。

俳句关注语言限制的目的对我们［西方人］来说是不可思议的，因为这并不是要简明（即缩短能指，而不缩减所指的稠密度），相反，是要对意义的根基本身采取行动，是为了让意义不在隐喻的无限和符号的领域中蔓延、内化、暗示、脱钩和泛滥。俳句的简洁并不是形式化的，它并不是将丰富的思想化约为简洁的形式，而本身就是一个一下子找到了恰当形式的简短事件。最不适于西方语言的就是节制，这不是因为西方语言太长或太短，而是因为西方语言的整个修辞使其必须让能指和所指不成比例：不是将所指“稀释”在能指的滔滔不绝中，就是让形式朝内容暗含的领域“深化”。俳句的恰到好处（它绝不是对现实的精确描绘，而是能指和所指的恰如其分，它去除了通常越出或镂空语义关系的边角、毛刺和缝隙），显然具有某种音乐成分（意义的音乐，而不是声音的音乐）：俳句甚至具有音符般的纯净、圆润和空无。也许正因如此，俳句像是以回音的方式表达了两遍：只读一遍这精美的言语，就会使意义囿于完美之物所带来的惊讶、囿于完美之物的锋芒和猝然；多读几遍，这就预设着意义有待发现，就会伪造出某种深刻性。间于两者，既不特殊化亦不深刻化，回音只不过是在对意义的无力之下抽取了一个表达方式。

小事

西方艺术将“印象”转化为描述。俳句则从不描述，俳句艺术是反描述性的，这表现在事物的所有状态都即刻、固执而又成功地转化为显现的一种脆弱本质上：地地道道“无法保持”的时刻，在这种时刻，事物（尽管已只不过是语言）将成为言说，将从一种语言走向另一种语言，并自我构造为对这个未来［另一种语言］的回忆，并由此而本身成为先在的。因为在俳句中，不仅是确切意义上的事件占主导地位，

我感受到初雪。

那个早晨，我忘了
洗脸。

而且，甚至那对我们来说具有绘画或小幅图画（在日本艺术中有相当多这样的作品）特质的俳句，如子规①（Shiki）的：

船上一头公牛，
小舟穿过河流
穿过夜雨。

都成为或只不过是某种绝对的强调（就像在**禅宗**中，不管有价值与否，所有事物都被如此看待），是灵机一动夹住了生命一页、语言之绸的轻微褶皱。描述，是一种西方类型，在沉思中有心灵回应者，而沉思则是对神性的种种附属形式或福音叙事之篇章的系统清点（在依纳爵·罗耀拉②那里，沉思活动就基本上是描述性的）；俳句则相反，说的是一种既无主体亦无神灵的形而上学，与佛教的**无**和**禅宗**的**悟**相称，[这种形而上学] 绝不是上帝启示的降临，而是“面对事实的醒悟”，是将事物把握为事件而不是实体（substance），从而抵达在语言之前的这个边沿，毗邻奇遇（更多的是偶然发生在语言中而不是主体中的事件）的灰暗（且完全是回溯性和重构性）之地。

---

① 正冈子规（Masaoka Shiki，1867—1902），日本俳人，明治时代文学宗匠，在俳句、短歌、新体诗、小说、评论、随笔多方面有创作活动。

② 依纳爵·罗耀拉（Ignace de Loyola，1491—1556），西班牙人，耶稣会创始人，罗马公教圣人之一。他在罗马公教会内进行改革，以对抗由马丁·路德等人所领导的宗教改革。

京都东福寺庭园

建于 1236 年。

（福井朝日堂摄）

禅园：

“无花，无步：

人在哪里？

在岩石的运送中，

在耙子的刮痕中，

在书写的劳作中。”

一方面是俳句的数量和散落，另一方面是它们的简洁和彼此封闭，这两方面似乎共同将世界无限地划隔、分类，构成了一个纯粹碎片的空间和无数事件，这样，由于意指无以继承，没有任何碎片或事件能够或应该凝结、构造、指挥和终结。这是因为俳句的时间是没有主体的：阅读除了俳句这个整体以外，没有另一个**自我**，而俳句整体的这个**自我**，通过无限折射，永远只是阅读的场所而已；依据华严宗①教义所提出的一个画面，可以说俳句共同体是一张珍宝网，每个珍宝都反射着其他珍宝，如此无限接续，永远也不可能找到一个中心、一个放射性的第一核心（这种无驱动、无羁绊的新兴，这种无起源的光芒游戏，对我们来说，其最恰当的图景就是词典，所有词只能通过其他词得以定义）。在西方，镜子是一个本质上自恋的事物：人只会因为要照镜子才会想到镜子；而在东方，镜子似乎是空的，它甚至是种种符号之空无的象征（一位道家大师说："至人之用心若镜，不将不迎，应而不藏"②）：镜子接收的只是其他镜子，这种无限反射就是空无本身（我们知道，这［空无］就是形式）。因此，俳句让我们记起那我们从未企及的事物，我们从中**确认的**是一个没有起源的复制、没有起因的事件、没有本人的记

① 中国佛教宗派之一，6世纪晚期由华严在中国创立，740年左右传到日本。华严宗主张，认识的最高境界是万物成为一个和谐的整体，互相关联，互相依存，并以毗卢遮那佛为中心。

② 出自《庄子·应帝王》，原文还有一句：故能胜物而不伤。全句意思是：至人的用心好像镜子，照过的不去送，未照的不去迎，现在照的也不留痕迹，所以能够经得起考验而不受损伤。

忆和没有维系的言说。

我在这里谈论俳句的内容，也可以用来谈论人们在游览这里所说的日本时所有**偶然发生**之事。因为在那里的街道、酒吧、商店和火车里，总是会**偶然发生**某些事。这种事（词源上来说就是一种奇遇）都属于极小事件：比如衣着失礼、文化过时、行为不拘、旅程无序，等等。清点这些事件将会是一项西西弗斯式的工作，因为只有在人们置身街道上的生动书写并**阅读**它们时，这些小事才会熠熠生辉。而西方人只有在让这些小事承担起甚至是他自己与事物之间距离的意义时，才能够自发地言说这些事物：恰恰应该将这些小事写成俳句，写成这种拒斥我们［主体］的语言。还可以补充的就是，这些微不足道的奇遇（一整天堆积下来，会促发某种情欲的沉醉）从来没有任何秀丽之处（日本的秀丽对我们来说倒是无足轻重，因为它与日本特色本身相脱离，它只不过是日本的现代性），亦无任何浪漫（没有什么适于进行长篇大论的叙事或描述）。这些奇遇供人**阅读**的（我在那里是读者，而不是游客），是痕迹的纯正，没有拖泥带水、边角余料和摇摆荡漾。许多细小行为（从服饰到笑容），在我们这里，由于西方积习已久的自恋，只不过是一种傲慢自信的征象。而在日本人那里，这些细小行为成为在街上经过和追踪某些不期而遇的简单方式：因为此刻，举止的稳当和自主不再反映自我的确信（“自足”），而只反映存在的图式模式。因此，日本街道（或更一般的公共场所）的景象，像一个百年美学作品那样动人（一切粗俗都清晰可见），从不依赖身体的戏剧性（歇斯底里），而是再次地依赖于这种**直接**（*alla prima*）书写，草图和遗憾、花招和修改都同样不可能，因为行为摆脱了执笔者想要给予的属于他自己的妄自尊大的形象，不再进行表达，而仅仅是使事物存在。一位**禅宗**大师说："要行即行，要坐即坐……莫迟疑！"① 这就是下面这些人以他们的方式告诉我的东西：年轻人骑着自行车，高举着摆满碗的托盘；或者，在离开百货商场的顾客准备上自动扶梯时，年轻的女侍者对他们深深一鞠躬，这动作如此仪式化，以至于失去了全部奴性；或者，柏青哥玩家投入、推动和收获弹球的三个动作，其配合本身就像是一幅画；或者，咖啡馆的花花公子在喝可口可乐之前，仪式般（生硬而阳刚）地一下子打爆热餐巾的塑料套，用这个热餐巾把手擦干净。所有这些小事正是俳句的素材。

① 出自义玄禅师《临济录》三十九，原文为："要用便用，更莫迟疑……但能随缘消旧业，任运著衣裳，要行即行，要坐即坐，无一念希求佛果。"义玄（？—867），唐代高僧，中国禅宗临济宗创始人。禅宗五家中，临济宗最具中国禅的特色。义玄有《镇州临济慧照禅师语录》传世，世人简称《临济录》。

如此

俳句的功夫，在于免除意义是通过一种容易阅读的话语完成的（这种矛盾是西方艺术所排斥的，后者只知道以让话语不可理解的方式来质疑意义），因此，俳句在我们眼里，既不古怪，亦不熟悉。它什么都不像，又什么都像：它容易阅读，我们以为它简单、亲近、已知、有趣、精美、有“诗意”，简言之，为所有人提供了一个让人放心的谓词游戏。然而，它又毫无意义，它抵制我们，最终失去了那些先前人们授予它的那些形容词，进入这种意义的悬搁——这对我们来说是最奇怪的事情，因为这种悬搁使我们进行最日常的言说（也就是评论）都变得不可能。对以下句子，我们能说什么呢？

春日小和风：
船夫咀小斗。①

或这样的：

月满满
草席上
绿松荫。②

或这样的：

渔夫院，
干鱼臭
热炎炎。③

或还有这样的（但不是最后的，因为这样的例子不胜枚举）：

冬风吹
猫眼
眨不停。

如此**沟纹**（*traits*，这个词很适合俳句，一种时间在脸上雕刻的轻盈疤痕）安置着所谓“不带评论的视域”。这种视域（这个词还

① 出自松尾芭蕉。
② 出自榎本其角。
③ 出自正冈子规。

是太西方了）在深层次上完全是剥夺式的，其所取消的并不是意义，而是一切关于终极目的的观念：俳句不用于任何特许给文学的用途（尽管这些用途本身［在俳句中］是可以无偿提供的）：［俳句］（通过一种制止意义的技术）毫无意义，它又怎能进行教诲、表达和排解呢？同样，有的**禅宗**派别将坐禅视作一种**旨在**获得佛性的实践，而其他派别则拒斥这种终极目的（尽管表面上这是根本性的目的）：打坐“**就是为了打坐**”。俳句（就像标志着日本最为现代、最为社会性生活的无数图式行为）不“**就是为了书写**”的书写吗？

在俳句中消失的，是我们古典写作（上千年）的两个基本功能：一个是描述，船夫的小烟斗、绿松荫、鱼臭和冬风都不是描述，也就是它们没有充塞意指和教导，不是作为揭示某个真理或某种情感的线索——现实拒斥意义。甚至于，现实不再能够安置现实本身的意义。另一个是定义，不仅定义转移到图式行为上，而且还衍生为事物的某种非本质性（离心的）繁盛物。这就像一则**禅宗**小故事。故事中，大师悬赏定义：**什么是扇子**？但赏金甚至不是授予那对功能进行的无声的、纯粹动作性的说明（**扇扇子**），而是授予那对一系列反常举动（**合扇、搔痒、重新打开、放一块点心、献给大师**）的创造。俳句既不描述也不定义（日本生活中所有不连续的**行径**（trait）、所有事件，如其所呈现给我阅读的那样，我最终都称其为俳句），俳句稀薄至单纯的指示。俳句说：**是那个，是这样，是如此。**或者更好，它说：**如此**！笔触即时、简短（既不颤抖也不修补），系词在这里都显得多余，像是犯了禁忌定义般自责，永远躲得远远的。意义在这里只是一道闪光，只是光影的一个抓痕。莎士比亚说：**感官之光熄灭时，随着一道闪光，不可见的世界才显露出来**。[①] 而俳句的这道闪光，什么也不照耀，什么也不揭示。它是摄影术中（以日本人的方式）小心使用的那道闪光，但［俳句却在这种摄影术中］将相机中的胶片省略了。更或是：俳句（**行为**〈le *trait*〉）再现了小孩子用手指指向随便哪个事物（俳句在主题上没有偏向）的指示动作，只说：**这个**！动作如此直接（不予任何中介，如知识、名称甚或所有权），以至于所指的就是对象之一切分类的虚幻本身。俳句说，**没什么特别的**。按照**禅宗**精神：事件无法依据种类命名，其特性会变得不足。俳句就像一个优雅的环路，盘绕自身，看似留下了痕迹的符号浪花会消失：什么也不曾拥有。语词之石扔下去也一无所图：既不为浪潮，亦不为意义流。

---

① 出自英国浪漫主义诗人威廉·华兹华斯（William Wordsworth，1770—1850）的长诗《序曲（*The Prelude*）》。此处系巴尔特误引。

文具店

正是通过文具店——书写必需品所在的场所和目录——人们进入了符号空间；正是在文具店，手遇到了表达方式的工具和材料；正是在文具店，甚至在写下符号之前，就开始了符号的交易。每个国家都有自己的文具店。美国的文具店物品丰富、精密和灵巧，是建筑师、学生的文具店，这里的生意要考虑到书写姿势的轻松自如。这种文具店认为文具使用者没有任何在书写中投入精力的需要，但他们需要有能够舒适地记录回忆、阅读、教学和交流产物的便利。这里要的是对用具的良好支配，而对表达方式和工具毫无奇思异想。书写被推至纯粹的用途之中，从来不被认为是一种冲动游戏。法国的文具店，常常坐落在**“始建于18××年的房屋”**里，带有镶着金色字母的黑色大理石招牌，仍然是会计、抄写员和商人的文具店。这种文具店最典型的商品就是公务文书用纸、法律和书法体法律文书复件，店主是清一色的抄写员，像布瓦尔与佩库歇①这样的人。

日本文具店针对的是这种表意文字的书写，这种书写在我们［西方人］眼里似乎是来自绘画，因此简单来说，绘画是这种书写的基础（重要的是，艺术的起源是书写性的，而绝不是表达性的）。这种日本文具店有多么注重为书写的两种首要材料（即平台和绘制工具）创造种种形式和品质，相对而言，它就有多么忽略［书写的］记录方面（而记录则构成了美国文具店想象力的全部奢华）：这里任何笔画不允许涂画或修改（因为每个字是**直接**绘制的），用不着发明橡皮或其替代品（橡皮，标志着所指，即人们想要抹去的东西，或至少，想要将其丰满性减轻、打薄。但在我们面前，东方的镜子都是空的，何需橡皮?）。所有工具都朝向那种不可逆、不牢固书写所产生的悖谬——这种书写同时进行两个对立的运动：切割和滑移。纸张种类上千，且多留有磨碎的浅色谷粒和压碎的细枝痕迹，让人去猜它们到底来自哪种草木。本子的纸页则都是一折为二，就像还没有切开的书，为的是书写活动的平面宽绰有余，而不管正面与背面借代式的褪色和浸透（这是一种在空无之上的书写）：

---

① 出自福楼拜的最后一部小说《布瓦尔与佩库歇》（*Bouvard et Pécuchet*）（1881），其中布瓦尔与佩库歇是巴黎的两位抄写员。

信的华丽

准备写信的女人

一位日本朋友寄给我的明信片背面。明信片的正面无法辨读：我不知道这个女人是谁，她［的面孔］是画出来的还是化妆出来的，她要写什么：失去了让我可以辨认出书写本身的来源，在我眼里，这个书写的画面成为既奢侈又克制的象征。（罗兰·巴尔特）

像羊皮纸所能做到的那种隐迹功能（被擦掉的痕迹就会因此变成秘密）则是不可能的。至于毛笔（在略微湿润的砚台上蘸过），就像手指一样，它有它的种种动作。而我们［西方人］古老的羽毛笔只会变得黏滞或分叉，不然，就是只在同一方向下书写。毛笔则可以滑移、扭捻、提抬，其灵活度有手的肉感和润滑性，它留下的痕迹可以说是在空间的体量里完成的。毡笔源自日本，接替了毛笔：这种笔并没有优化笔头，它本身就来自羽毛笔（钢尖或软尖），它直接继承的就是表意文字。所有日本文具店都反映出这种图式思想（在每家百货商场里，都有一位代笔人，他会在镶着红边的长信封上，用毛笔竖着写下礼物的地址）。不无矛盾的是（至少对于我们来说），甚至在打字机那里，我们也能找到这种图式思想。我们的打字机急于将书写转化为商品：它甚至在书写的过程中，就事先编排好了文本。而日本人的打字机，则有无数字模，它不是一个字母一个字母地排列到唯一的打字头上，而是卷在滚筒上，这让人想起绘画，想起镶嵌在纸上的表意文字工艺品，一言以蔽之，让人想到空间。因此，至少在视觉上，机器延续了真正的图式艺术，这不再是孤立文字的美学劳作，而是对符号的取消：这些符号在纸页上，斜挂着、散布着，四处飞扬。

写出来的面孔

戏剧面孔不是画出来的（涂脂抹粉），而是写出来的。它是由不可预见的活动制造的：绘画和书写具有相同的原始工具——毛笔。然而，［在日本］并不是绘画将书写引入其装饰性风格，引入层叠、柔和的笔触及其表征性空间之中（就像在我们［西方人］这里，大概是不缺乏这种情况的发生，对我们来说，一种功能的文明未来从来就是其审美的贵族化），而是相反，是书写行为驾驭着绘画动作，使得绘画从来都只是在记录。这种戏剧面孔——在能剧（Nô）中戴着面具，在歌舞伎剧（Kabouki）中画着浓妆，在文乐木偶戏（Bunraku）中是人工制品——

有两个要素：如纸般白、如字般黑（留给眼睛）。

ロラン・バルト氏

遣文化使節として来日した。二十
日まで滞在し、その間東大、京
大など数カ所で講演を行なう予定
である。

人文科学を駆使

バルトの名前は日本ではほとん
ど知られていない。（処女作「文
体＝エクリチュール＝の原点」が
森本和夫氏によって「零度の文

しかし、い
ティックな言
トはフランス
「問題の」批
るだろう。前
シュレ論」「ミ
ー又論」「批
論」「批評と
これまでの著

《神户新闻》剪报

（作者自藏）

这位西方讲演者在被《神户新闻》报道时，被日本化了：他的眼睛被拉长了，瞳孔被涂黑了。

面孔中白色的功能似乎也不是为了歪曲肤色或将肤色漫画化（我们［西方人］的小丑就是这种情况，小丑脸上的面粉、石膏粉，就是为了鼓励人们在上面再画上五颜六色），而仅仅是为了抹除脸部轮廓的先前痕迹，将形象引入一种不透明质地的空无疆域，这样，任何自然质料（面粉、乳膏、石膏或丝绸）都不会以隐喻的方式赋予任何纹理、柔和与光泽以生命。面部仅仅是**用于书写的事物**；但这个未来之物本身已经被手书写了，手将眉毛、鼻梁、脸颊都涂成白色，并给予这肌肤造就的页面以黑色的边界：像石头一样紧实的头发。这面孔之白，毫无纯洁感，而是像糖一样浓厚、黏稠到让人反感，并同时意味着两个矛盾的运动：凝滞性（在情绪上，我们称之为：冷漠）和脆弱性（以同样方式，但并无更多好评，我们称之为：易激）。眼睛和嘴的缝隙严格规整地伸展开来，那绝不是画在表面上，而是刻入、切进表面。那笔直、扁平的眼皮锁住眼睛，消除眼袋，眼睛下部毫无黑眼圈（黑眼圈具有西方面孔特有的表现性价值：疲惫、病态美、性感），眼睛就这样在面孔上直接突现，好像它们就是书写那漆黑、空洞的基底，“墨斗之夜”；甚或，面孔像一块台布那样朝眼睛的黑色深井（但绝不“阴暗”）扯开。面孔被化约为书写的基本能指（空白的页面及刻写的凹陷），驱散了一切所指，也就是驱散了所有表现性：这个书写什么也不写（或写着：无）；这种面孔不仅不把自己“出借”（天真的会计用语）给任何情感、意义（甚至包括冷漠、呆板），而且它也不模仿任何性格——乔装改扮（女性角色由男性扮演）并不意味着男孩化装成女性，在细微差别、逼真度和高价模拟上做足功夫。而是一个纯粹的能指，**内幕**（真相）既不是秘密（即需要小心翼翼地隐藏），也没有暗地里暴露出来（用承载者的男性气质投以滑稽媚眼，就像在西方的男扮女装中会发生的那样，丰腴的金发美女手粗、脚大，必然

演员丹波哲郎的肖像照

（作者自藏）

在年轻演员丹波哲郎这里，按安东尼·帕金斯（Anthony Perkins）的话来说，他失去了亚洲人的眼睛。所以，我们的面孔，如果不是引文，那是什么？

会让充满荷尔蒙的巨乳穿帮）：仅仅是**缺席**。演员在脸部表情上既不扮演也不模仿女性，而只是意指女性。如果像马拉美所说，书写是由“观念的示意”完成的，那么，这里男扮女装就是一个女性特质的示意，而不是对这种特质的抄袭。随之而来的就是，看一个五十岁的男演员（极负盛名和美誉）扮演一位充满柔情爱意而又怯生生的年轻女性，这没什么值得大惊小怪的，也就是这根本不是**重点**（这在西方是难以想象的，因为在西方，男扮女装本身就已经不可理解，不受欢迎，完全违背常理）。因为青春，在这里，与女性特质旗鼓相当，并不是人们所狂热追求的那种自然本质的真相。法则的精细化和精确性，无视一切器质类型的相关模仿（即产生年轻女性真实和有形的肉体），其作用——或正当性——在于将所有女性现实吸收和消散在能指的巧妙衍射之中：意味它，而不是表征它，**女性**是一种观念（而不是一种自然）。如此这般，女性被带入分类游戏中，被带入其纯粹差异的真相之中：西方的男扮女装想要成为**一个**女人，东方的演员除了结合女性的种种示意动作（signes）之外，别无所求。

不过，在某种程度上，［日本戏剧中］这些特征是极端的，这不是因为它们很夸张（并没有人认为是这样），而是因为它们是精神层面的——正如书写，它们是“观念的示意”——它们净化了身体的所有表现性。可以说，由于［这些特征］成为符号（signes），它们的意义削弱了。这也解释了标志着亚洲戏剧的这种符号与冷漠（正如已经指出的那样，这个词不恰当，因为它带有情绪性和表现性）的结合。在某种程度上，这触及使用死亡的问题。想象并制造出一副面孔，这副面孔并不是冷漠无情或麻木不仁（这仍是一种意义），而是仿佛脱水而出，洗净了意义，这是一种回应死亡的方式。看看这张 1912 年 9 月 13 日的照片：在日俄战争旅顺战役中击败俄国人的乃木希典①将军，与妻子一起留影。天皇刚刚去世，他们已经决定次日自杀。因此，他们**有所知**。［在这张照片中，］乃木将军消

① 乃木希典（Nogi Maresuke，1849—1912），日本明治天皇时代军事人物，陆军大将。1886 年曾赴德国研究军事。中日甲午战争（1894—1895）时，率部侵占中国旅顺、辽阳，入侵台湾，翌年任台湾“总督”。日俄战争（1904—1905）时，以“肉弹”战术打败俄军，占领我国旅顺。1912 年明治天皇病逝后，同其妻剖腹殉节，成为日本武士道精神的典型代表。

失在他的大胡子、军帽和耀眼的服饰之中，几乎看不到脸部表情。而乃木将军的妻子则保留了完整的面孔：冷漠？愚蠢？土气？可敬？就像对于乔装演员来说，没有任何形容词可以形容，谓词也被遣散了，这不是因为死亡将近的庄重，正相反，是因为对**死亡**、对作为意义之死亡的意义免除。乃木将军的妻子已然决定：死亡就是意义，它们彼此同时驱逐，因此，若从面孔来看，就无须“论及”了。

乃木希典将军与夫人最后的留影

摄于自杀前日，1912年9月。

来自《图解日本》，同上所引。

他们将死去，他们知道，但这一切却看不出来。

百万身躯

一个法国人（除非他在国外）是没有能力给法国人的面孔分类的。他也许能觉察到那些常见的形象，但说不出这些重复面孔的抽象概念（也就是这些面孔所属的类别）。同胞的身体在日常情形中是不可见的，它是一种不能附属于任何法则的言说。对于一个法国人来说，这些面孔的**似曾相识**没有任何智识价值。如果他遇到美，这对他来说，也绝不是一种本质，一种追寻的顶峰或完成，一个可理解的关于种类的成熟果实，而仅仅是一个偶然，是平淡无奇中的一个突起，是重复中的一个偏离。相反，这同样一个法国人，如果他在巴黎看到一个日本人，就会在这个日本人种族（假设他不是简单地将这个日本人看作亚洲人）的纯粹抽象中辨认他。在这极少的几个日本人的身体中，这个法国人找不到任何差别。甚至于在把日本人的种族统一在一个单一的类型中后，这个法国人就会不恰当地把这个类型与他所知道的关于日本的文化形象联系起来，而这个形象甚至根本不是来自电影，因为这些电影只是给他呈现了一些过时的存在，如农民或武士，这些存在与其说属于“日本”，不如说属于“日本电影”。这个形象来自某些新闻图片或时事快讯。而这种典型的日本人形象则相当糟糕：瘦小，戴着眼镜，看不出年纪，衣着规矩乏味，是群居社会中的一个小小雇员。

日历插图上的日本歌手肖像

（作者自藏）

日本进入了西方的蜕皮期：它失去了自身的符号，就像脱发、掉牙、蜕皮；它从（空无的）意指走向（大众的）推广。这里是两只迷人的“老虎”——两位流行歌手（明信片、日历和点唱机上的虎将）。

在日本，则一切都变了：异国情调的子虚乌有或过度夸大（这是法国人在日本落入外国人境地时——这时也看不出日本人有什么奇怪了——不得不接受的东西），被吸收入新的言说与语言、系列与个体、身体与种族的辩证法之中（完全可以说是辩证法，因为在日本所发生的事会一下子广泛地向你揭示出小职员的丰富多样性，这是通过量所完成的质的转化）。这种发现是不可思议的：街道、商店、酒吧、影院和火车张开了面孔和身形的广袤词典，在那里，每个身体（每个词）只表达它自己，但也反映出一个阶层。由此，我们可以同时拥有（带着脆弱和独特性的）相遇的快感和类型（猫科动物般柔媚狡黠的人、农民、红苹果般圆胖的人、粗野的人、拉普人①、知识分子、无精打采的人、月亮般虚幻的人、光彩夺目的人、沉思的人）的启示，这是一种智识上的欢腾源泉，因为不可控的东西终于被控制住了。沉浸在这有着上亿个身躯（人们更喜欢身体的簿记，而不是"灵魂"）的民众之中，我们可以摆脱绝对多样性（这最终只不过是纯粹的重复——法国人饱受同胞折磨的情况就是这样）与单一阶层（我们在欧洲所以为的日本小职员就是这种情况）这双重的平淡无奇。不过，这里就像其他语义群一样，系统的有效性是通过逃逸点获得的：风格成为必要，尽管如此，其各个个体从来都不是并驾齐驱的。对于公共场所所能暴露的群体（在这方面与句子相似），你

① 拉普人（Lapon）是萨米人（Sami）的贬义称呼。萨米人是北欧地区的原住民，欧洲最大的原住民族群之一，也是欧洲目前仅存的游牧民族。他们分居在芬兰、挪威、瑞典和俄罗斯这四国境内。目前挪威仍约有百分之八的萨米人以养殖驯鹿为生，因此有萨米人是驯鹿民族一说。

能了解到特定而又为人熟知的特征、崭新而又可能是重复的身体。在这样的场景中，从来不会同时看到两个昏昏欲睡的人或两个光彩夺目的人，但是，它们彼此又会重新达至一种认识：挫败了陈词滥调，但仍然保留着可理解性。更或者——这是法则的另一个逃逸点——出乎意料的组合会毫无遮掩：粗野和女性气质、平滑和散乱、花花公子和学生，等等。它们在系列中制造了新的起点，制造了稀疏但又取之不尽的分叉。可以说日本在身体上和在对象上施加了同样的辩证法：看看百货商场里的手绢柜台，［手绢］不可胜数、绝无雷同，但又都与系列毫不违背，对秩序毫无破坏。再或者，看看俳句：在日本历史中，有多少俳句？但它们说的都是同样的事：季节、草木、大海、村庄和身影，然而，每一俳句又都以自己的方式说出了一个不可化约的事件。再或者，看看那些表意文字的符号：在逻辑上，它们是无法分类的，因为这些符号会逃脱抽象、有限从而便于记忆的语音秩序（字母表）。然而，它们又可以在词典中被归类，只是决定这些符号之类型学的是表意文字必要的笔画数目和次序（书写和分类中令人钦佩的躯体呈现）。同样，看看身体，所有的日本人（这里说的不是所有的亚洲人）共同形成了一种一般的身体（不是像我们在遥远的地方所以为的那样形成了一种普遍性的身体），然而也形成了一个由种种不同身体构成的庞大部落，这每一个不同身体都反映出一个类别，这种类别在并不失序的情况下，朝一种无休止的秩序流逝着。简言之：开放，但到最后时刻，又是一个逻辑体系。这种辩证法的结果（或关键）如下：日本人的身体会直抵其个体性（就像禅宗大师那样，在回答学生严肃而又平凡的问

浅草的迎神队伍

（东京，三社祭，每年 3 月 17—18 日）

题时，会创造出荒唐而又令人狼狈的答案），但这个个体性不能在西方意义上去理解——它纯然没有任何歇斯底里，并不旨在将个体变成与其他身体相区别的、从遍及整个西方的这种推销式狂热中所获得的原始之躯。个体性不是围墙、戏剧、超越和胜利，它仅仅是从身体到身体的、没有特权的差异和折射物。这也是为什么在这里，美不是以西方的某种不可企及的独特性来定义的：它在这里那里复现，它从一种差异延伸到另一种差异，分布在诸多身体的巨大意群之中。

眼皮

构成表意文字一个字符的那些笔画是以某种任意但有规则的顺序写成的。一个笔画的笔锋起笔丰满，落笔短促，在其［行笔］方向的最后一刻弯曲、转向。我们在日本人的眼睛那里，看到的是同样的按压轨迹。可以说善于解剖的书法家在眼睛的内眼角用足笔力，然后稍许转动，在面部一笔（就像直接绘画中所做的那样）划开一个简练的裂口，朝太阳穴的方向，以手的急速转弯合笔。笔画是完美的，因为它简单、直接、即时而又成熟，就像需要穷尽一生才能学会的仅用一笔画出的圆圈。这样，眼睛就包在眼睛平行的边缘和眼角（相对）的双弧线之间：像是一片树叶的剪影，又像是一个刻画出来的巨大逗号躺倒的痕迹。[日本人的] 眼睛是平的（这就是其奇迹所在），既没有突起也没有凹陷，既无赘肉亦无眼袋，甚至可以说是没有眼皮，它是平滑表面上的平滑裂缝。瞳孔紧致、易碎、变幻不定又机智灵巧（因为这由裂缝上缘锁住、阻断的眼睛，似乎蕴藏着一种隐忍的思虑，一种额外的含蓄智慧，不是在目光**之后**，而是在目光**之上**），完全不像西方人的形态学那样被眼眶夸大。眼睛在其裂口中是自由的（眼睛至高无上、细致微妙地占满这个裂口），我们 [西方人]（显然根据某种种族中心主义）说它“受束缚”，则是大错特错了。没有什么能够约束这样的眼睛，因为它是直接切入皮肤，而不是在骨架中被塑造，它所拥有的空间是整个面孔。而西方人的眼睛则服从一整个关于灵魂的神话，这个灵魂既是核心又是秘密，灵魂之火隐藏在眼眶的洞穴之中，向肉体的、感官的、激情的外部照射。而日本人的面孔则没有精神上的等级划分，它完全充满活力，甚至生命力极强（这与东方人庄严呆板的传说相反），因为其 [即日本人面孔的] 在形态学上不能“在深度上”解读，也就是不能依据某种内在性的轴线解读。其 [面孔] 模式不是雕刻性的，而是书写性的：它是柔软、脆弱和紧密的面料（当然是像丝绸一样），上面简单而又直接地书写了两笔。“生命”不在眼睛的光芒之中，而在平面与其裂缝之间没有秘密的关系之中，在这可以说是愉悦之空无形式的间距、差异和切分之中。如此之少的形态学要素，使得沉入睡眠（在夜间的火车和地铁里，我们可以在许多面孔中看到）成为一件轻

观赏“纸芝居”的男孩和女孩

这是一种连环画式的木偶戏，在街角，职业说书人在自行车的置物架上支起戏台，带着许多装着糖果的广口瓶。东京，1951 年。

（Werner Bischof 摄）

在瓷质的眼皮底下，
一大滴黑水珠：
墨斗之夜，
正如马拉美所说。

盈的事。没有眼皮的皱褶，眼睛不会“变得沉重”，只需经历一个发展变化的整体中诸个有分寸的层级，而这都是由面孔逐步呈现出来的：眼睛低垂、合上、“入睡”，眼线在眼皮永不结束的垂落中继续闭拢。

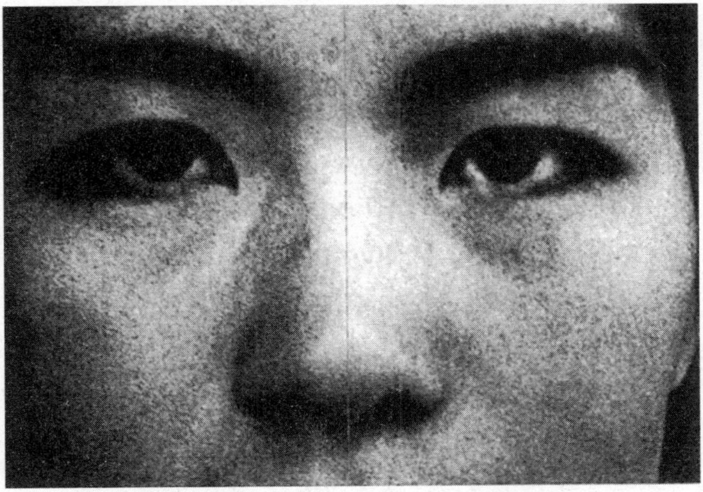

面孔

眼睛，而不是目光；裂口，而不是灵魂。

（Nicolas Bouvier/Artephot 摄影社摄）

暴力的书写

当人们说**全学联**[1]（*Zengakuren*）的斗争是有组织的时，不仅指一整套策略性的预防措施（思想出发点就已经与暴乱传说相悖），还指诸行动的一种书写，这种书写删除了其在西方存在中所具有的暴力，也就是自发性。在我们［西方人］的神话中，人们对暴力所持有的成见与对文学或艺术所持有的成见是一样的：人们认为暴力的功能没有别的，就是**表达**某个根基、某种内在性、某个本性，暴力就

① 即全日本学生自治会总联合，成立于1948年，主要由日本共产党领导，从事的左翼学生政治运动，曾经反对朝鲜战争、《日美安全保障条约》等。

是表达这些事物的第一语言，这种语言野蛮、不成系统。我们大概以为人们能够把暴力引向深思熟虑的目的，将暴力变成思想的工具，但暴力从来都是对一种**先前的**、最初力量的驯顺。在全学联进行自身整治之前，并无暴力。全学联的暴力是与这个整治同时诞生的：这个暴力立即成为符号——什么也没有表达（既没表达仇恨，也没表达愤怒，甚至也没表达道德观念），而更确切地是在一个转移性目标中（攻取市政厅、冲破铁丝网栅栏）自我取消。不过，有效性并不是衡量它的唯一尺度，一个纯粹实务的行动将种种象征符号搁置在括号内，但并不按照这些象征符号［的意义］行事：人们使用某个主题，但同时却毫不触碰这个主题（这［主题］就与士兵的处境相同）。全学联的斗争，尽管极尽其运作之所能，仍然只不过是一个巨大的符号剧本（这是一些有观众的行动）。这个书写的笔触，比盎格鲁-撒克逊式冷峻表征的有效性所预备的要多一点，它们不连续、布局精美、有条不紊，不是为了意指某个事物，而像是要以（我们［西方人］眼里）即兴暴乱的荒唐、“自发”符号的膨胀而告终似的：这里有颜色的范式——蓝红白三色头盔，但这些颜色与我们的颜色不同，它们没有任何历史意义；这里有行动的句法（**推翻、根除、拖延、堆砌**），但造出的是乏味的句子，而不是奇思妙想的灵机四射；这里意味深长地恢复了时间的停滞（规整地跑到后部休憩，即使松弛也有一定形式）。所有这些促成一种大众（而不是团体）书写的生成——行为互补，人却并不彼此借助。最后，符号大胆之极，以至于有时斗争者有节奏地喊出的口号，不是行动的**原因、主题**（斗争所赞同和反对的内容）——就是使言说再次成为某个理由的表达、某种正当权利的保障——而仅仅是这个行动本身（“**全学联在战斗**”）。这样，行动不再是由语言来梳理、指引、证明和辩解——就像戴着弗里吉亚软帽[①]（Bonnet Phrygien）的马赛女人，似乎就具有一种外在于和高于斗争的神圣性——而是重叠着一种有声的纯粹活动，它仅仅为暴力的体量又增加了一个动作、一块肌肉。

① 又称自由之帽，是一种与头部紧密贴合的圆锥形的软帽，其帽尖向前弯曲，典型的颜色是红色。古代小亚细亚的弗里吉亚人曾经佩戴这种帽子，故而得名。16、17世纪的欧洲流行一种说法，在古希腊和古罗马，获释的奴隶会佩戴弗里吉亚帽，弗里吉亚帽因此与自由和解放联系起来。在18世纪美国独立战争和法国大革命中，弗里吉亚帽成为象征自由和解放的标志并广为传播。

符号之屋

无论在这个国度的哪个地方，都会出现一种特别的空间安排。旅行中（在街上，火车沿线的郊区和山野），我看到一种远方与分块的结合，（乡村和视觉意义上的）田野不连续但又开放（小块茶园、松林和淡紫色花簇、黑色屋顶的组合、街巷的网格、低矮房屋不对称的配合），相互并置。没有围墙（特别低矮的除外），地平线（及其梦幻般的残迹）也从不会把我包围：它并不渴望屏气挺胸证明自我，让自己成为同化无限的中心——来到显而易见的空无边界，不需宏大的想法，毋庸形而上学的参照，我是无限的。

梁结构

这张照片以及清酒桶的照片，来自 Daniel Cordier 的个人收藏，谨此表示感谢。

从山坡到街角，整个是居所，而我总是在这居所中最豪华的房间。这豪华（在别处，就是凉亭、走廊、游乐园、画室和私人图书馆）在于：此处除了铺满生动的感受和鲜明的符号（花朵、窗户、叶簇、绘画、书籍），别无限制。限定空间的不再是巨大连续的墙壁，而是一片片簇拥着我视野（“种种景观”）的抽象本身；墙上的题词消除了墙；花园是由体积细小的矿物构成的织锦（石头、沙地的耙痕）；公共场所则是一系列稍纵即逝的事件，它们在如此强烈、纤细的刹那光芒下显耀，以至于任何所指都还没来得及“抓住”符号，符号就已烟消云散。可以说一门古老的技艺使得如同裂口般陡峭、空无的纯粹涵义中，产生了风景或表演。符号帝国？是的，如果我们领会到，符号是空的，［帝国的］仪式亦无神灵。看这符号之屋（曾是马拉美式的居所），也就是一切风景都在那里，城市的、家居的、乡村的。要想更好地领会何以至此，以式台①（Shikidai）的走廊为例即可：它挂满镂孔，空无为框，亦无所环绕，［窗格上］也许有装饰，但是为了使造型（花木鸟兽）生动、升华，而转移到前景远方。这里无处安置任何家具（这个词②很矛盾，因为它通常指很少流动的财产，人们极尽所能使它长久：在我们［西方人］这里，家具有不动产的职能，而在日本，房屋常常处于解构状态，几乎就是一种动产）。在走廊里，就像在理想的日本房屋中一样，不置家具（或家具甚少），没有任何地方意味着哪怕是一丁点的财产：没有座椅，没有床，没有桌子，身体不再据此成为空间的主体（或主人）：拒斥中心（对于到处备有扶手椅和床，并作为家居**场地**之所有者的西方人来说，这是令人焦灼的剥夺）。空间是去中心的，因而也是可逆转的：你可以把式台的走廊倒转过来，什么也不会改变，不然也只是一种从上到下、从左到右的颠倒，不会产生任何后果。内容一去不返：经过、穿越或直接坐在地板上（如果你倒转画面，就是倒坐在天花板上），无可**捕捉**。

---

① 式台，又写作色代，是京都二条城中二之丸御殿的玄关。二条城是位于日本京都府京都市中京区二条城町的曲轮城堡，由二之丸包围本丸。建设于江户时代初期（1603 年），曾经是德川家康的寓所。

② 指法语词“meuble（家具）”。

被称为 tokonoma 的凹室

用于陈列画卷、花卉、书法等艺术作品，推拉开合，善用空间和光线。

（Werner Blaser 摄，巴塞尔）

毫不求知，亦无供奉。

演员舟木一夫

（作者自藏）

……近乎微笑。

图书在版编目（CIP）数据

符号帝国/（法）罗兰·巴尔特著；汤明洁译．—北京：中国人民大学出版社，2018.1

（罗兰·巴尔特文集）

ISBN 978-7-300-24958-2

Ⅰ．①符… Ⅱ．①罗…②汤… Ⅲ．①散文-法国-现代②符号学-日本 Ⅳ．①I565.65②H0

中国版本图书馆 CIP 数据核字（2017）第 221000 号

罗兰·巴尔特文集

符号帝国

［法］罗兰·巴尔特（Roland Barthes） 著

汤明洁 译

Fuhao Diguo

出版发行	中国人民大学出版社		
社　　址	北京中关村大街 31 号	**邮政编码**	100080
电　　话	010－62511242（总编室）		010－62511770（质管部）
	010－82501766（邮购部）		010－62514148（门市部）
	010－62515195（发行公司）		010－62515275（盗版举报）
网　　址	http://www.crup.com.cn		
经　　销	新华书店		
印　　刷	唐山玺诚印务有限公司		
规　　格	148 mm×210 mm　32 开本	**版　　次**	2018 年 1 月第 1 版
印　　张	4.375 插页 3	**印　　次**	2022 年 5 月第 3 次印刷
字　　数	82 000	**定　　价**	48.00 元